70th Anniversary Edition

日安憂鬱

Bonjour tristesse

莎岡
Françoise SAGAN

陳春琴 譯

Françoise SAGAN
作者介紹

麥田編輯部整理

「莎岡過世，法國文壇也失去了最閃亮、最敏銳的一顆星。她是文藝圈最頂尖的人物，也是她那時代裡重要的角色。」——法國前總統席哈克（Jacques Chirac）

「莎岡是一抹帶著哀愁、謎樣、疏離與歡樂的微笑。」——法國前總理哈法昂（Jean-Pierre Raffarin）

◎傳奇的名字如此誕生……

有「迷人的小魔鬼」、「不滅的青春之神」、「永遠的天才文學美少女」等等美譽的莎岡，本名法蘭絲瓦・奎雷茲（Françoise Quoirez），小名琪琪（Kiki），出生於法國西南洛特省卡日阿城（Cajarc）的富商之家，爲家中么女。十五歲時，舉家遷至巴黎。「莎岡」是十九世紀法國親王的姓氏，據傳普魯斯特筆下人物即以此家族爲本，莎岡因爲喜歡這名字的發音而取了這個筆名。

◎才華萌芽自豐沃的文學土壤

莎岡自幼嗜愛閱讀，最喜歡讀小說，覺得哲學、歷史、散文無趣。十三歲起陸續讀了紀德的《地糧》、卡繆《反抗的人》、沙特、莎士比亞、詩人阿波里奈、柯蕾特（Colette）、艾呂亞（Paul Éluard）、拉・封丹、蒙田、斯湯達爾、普魯斯特等人的作品，更深受韓波《彩畫集》感動，體悟文字的力量與美，立下投身文學之志願。

◎十九歲，一鳴驚人

她念完教會中學後進入索邦大學就讀，卻因成日流連夜總會，學業成績不理想，令家人勃然大怒。爲了安撫雙親，她在咖啡館寫下僅僅五萬多字的小說《日安憂鬱》。這本十九歲出版的處女作，爲她掙來法國「文評人獎」（Prix des Critiques），也令她崛起於文壇，一夜間聲名如日中天。《日安憂鬱》出版翌年，英文版登上《紐約時報》暢銷書榜第一名；四年間於法國賣出八十一萬冊，在美國銷量高達百萬冊，陸續譯為二十餘國版本，全球熱銷五百萬冊以上。Otto

Preminger改編的小說同名電影亦大受歡迎，女主角珍西寶（Jean Seberg，曾主演高達執導的《斷了氣》）在戲中的「瑟西爾髮型」一時成了時髦的象徵。

◎現實人生比虛構小說更精采

莎岡筆下人物多是經濟寬裕的中產階級，他們無憂無慮、享盡奢華，然而內心空虛孤獨，因此成日飲酒作樂，自戀自溺，眼中沒有他人，懶理世間道德。這些人物可說是莎岡自身的投射，其私生活之精采更勝小說情節。無法忍受孤獨的莎岡，用以治療「靈魂中的憂鬱」的東西，是香菸、酒精、藥物、嗎啡、古柯鹼。

她熱愛名牌跑車，拿《日安憂鬱》的版稅買了Jaguar XK 140敞篷車（一百二十萬舊法朗，付現），之後陸續買了Mercedes 350、Gordini 24S、Aston Martin敞篷車、Jaguar E、法拉利250GT等等以「安慰自己」。她時常飆車兜風，一九五七年一場車禍差點要了她的命，因療傷而用的嗎啡更令她苦於無法擺脫的藥癮。她有賭徒的靈魂，一擲千金，坦承自己「喜歡把錢丟到窗外」。一九五八年，她在Deauville賭場贏了八百萬舊法朗，轉眼卻買下一棟避暑別墅。幸運的是，在她落魄窮困的老年，這棟別墅成了她唯一的棲身之所。

一九五八年，她嫁給法國Hachette出版社的Guy Schoeller，旋即於翌年離婚，她的好友、隨筆作家Bernard Frank說這樁婚姻根本就是莎岡開的一個玩笑。一九六二年，她與美籍雕刻家Bob Westhof（即James Robert Westhof，莎岡多部作品英文版譯者）再婚，生下一子，又在翌年離婚。此後，她與時裝造型師Peggy Roche、Bernard Frank、《花花公子》雜誌編輯Annick Geille三人長年維持雙性戀同居生活，也是法國前總統密特朗（François Mitterrand）的密友。即便如此，她仍然視愛情爲疾病或酒醉的產物，至多沉醉三、四年，並不相信永恆不變的愛情。一如她筆下的女性，率性而爲，不顧社會規範、不受縛於年紀或階級的限制，跟從自己的心念，爲愛而活，卻也能在下一刻拋棄愛情……

◎超越世代的偶像

一九八八與一九九五年，她兩度遭控吸食古柯鹼。即便過著傳媒口中「醜聞不斷」的生活，但她認爲只要不危及他人，再怎麼荒誕度日也是她自己的事。這般放蕩不羈、彷彿青春不老的形象，迷倒千千萬萬人。諾貝爾文學獎得主莫里亞克（François Mauriac）說她是「迷人的小魔鬼」；名牌服飾Celine、Vera Wang的設計靈感皆源自她筆下的女主角；她曾擔任坎城影展評審團主席，獲時尚雜誌*Elle*選為世界六十位傑出女性之一。日本女作家森瑤子、小池真理子皆是她的書迷；《在一起就好》的作者安娜・戈華達（Anna Gavalda）視她為偶像；曾是名模，現為名歌手、法國前任總統夫人的卡拉・布魯妮（Carla Bruni）最鍾愛的女作家也是她！

莎岡著作甚豐，出版小說《熱戀》、《心靈守護者》、《微笑》、《你喜歡布拉姆斯嗎》、《無心應戰》等三十餘部，並撰有回憶錄《我最美好的回憶》、芭蕾舞劇《失約》與電視劇本《瑞典的城堡》、《偶爾聽見小提琴》、《昏迷的馬》等多種。

日安憂鬱

Bonjour tristesse

Françoise SAGAN
莎岡

Adieu tristesse
Bonjour tristesse
Tu es inscrite dans les lignes du plafond
Tu es inscrite dans les yeux que j'aime
Tu n'es pas tout à fait la misère
Car les lèvres les plus pauvres te dénoncent
Par un sourire
Bonjour tristesse
Amour des corps aimables
Puissance de l'amour
Dont l'amabilité surgit
Comme un monstre sans corps
Tête désappointée
Tristesse beau visage.

Paul Éluard, La vie immédiate

再會憂鬱
日安憂鬱
你刻在天花板的線條上
你刻在我心愛的雙眼中
你並非徹底悲慘
因爲透過微笑
無言無語的嘴唇把你揭露出來
日安憂鬱
愛戀之情
激盪之愛
戚戚情懷突然湧現
有如失去形體之怪物
沮喪的臉孔
憂鬱的美麗臉孔

——艾呂亞*，〈生命如曇花〉

* 艾呂亞（Paul Éluard, 1895-1952）：法國詩人，超現實主義代表人物。

第一部

Bonjour tristesse

1

這是我從未體會的感覺，一股令我鬱悶卻又感覺溫柔的情懷，我不知爲它冠上「憂愁」這個美麗嚴肅的名字是否合適。這股情懷如此充斥我心，如此自私，使得我幾乎爲之感到慚愧，因爲我一直認爲「憂愁」是很高貴的。憂愁，我以前沒體會過；我只體會過鬱悶、遺憾，偶爾也體會過悔恨。今天，一股莫名的情結就像絲縷一般把我纏繞其中，又煩人又溫柔，使我和其他人疏遠。

那年夏天，我十七歲，非常幸福。我與父親，以及他的情婦艾樂莎一起住——我必須立刻解釋這個狀況，以免造成錯誤的印象。我父親那年四十歲，已經當了十五年鰥夫。他是個很有朝氣、充滿活力、擁有許多機會的男人。兩年前，我離開寄宿學校時，我不得不諒解他和一個女人生活在一起的事，只是沒能立刻接受他每六個月就換新的情人！沒多久，因我的個性使然，我旋即喜歡上這種新穎、膚淺、充滿誘惑的生活。父親是個輕浮的人，善於經商，好奇，卻也很快厭倦；還有，他很得女人的歡心——我很難不喜歡像他這樣的人，因爲他很善良、慷慨，對我充滿關懷。我無法想像比他更好的朋友、比他更令人愉快的人。那年夏天剛開始的時候，他甚至體貼地問我討不討厭他當時的情婦艾樂莎同我們去度假。我只能鼓勵他，因爲我知道他需要女人；另一方面，我也知道艾樂莎不會惹我們厭煩。艾樂莎身材頎長，一頭紅髮，半是交際女郎、半是上流社交圈的女子，在攝影棚和香榭麗舍大道的一些酒吧都見得到她身影。她很友善，個性相當單純，沒有太大野心。再說，我和父親因爲能出門度假，高興得對任何事都不會想到要去反對。父親在地中海畔租了一幢隱祕又漂亮的白色大別墅——打從六月天氣漸漸熱起來，我們就一直夢想租下它。別墅位在岬角頂上，面對大海，與大馬路隔著一片松樹林；房子旁邊是通往金色小海灣的羊腸小徑，沿岸都是紅棕色岩石，海水在灣裡輕柔搖曳。

假期剛開始那幾天，陽光燦爛，酷熱難當。我們在沙灘上待了好幾個鐘頭，膚色慢慢曬成健康的古銅色，只有艾樂莎例外。她皮膚發紅，脫皮，苦不堪言。父親做了許多複雜無比的腿部運動，想讓漸漸凸出的肚子消下去，因爲凸腹和風流男子的形象是不能並存的。天一亮我就泡在水裡，全身浸在清涼透明的海水中，拚命動來動去，把自己累得筋疲力盡，好將巴黎生活所有的陰影、所有的灰塵洗刷殆盡。

我平躺在沙灘上，抓起一把沙子，讓細沙像一道黃色輕柔的沙柱般從指間慢慢篩落。我心裡想，這些沙子如時間一般流逝……一個膚淺的想法，而有膚淺的想法是很美好的。因爲這是夏天。

我第一次見到希里樂是在第六天。那時他駕著一艘小帆船沿著海岸開過來，接著船就在我們的小海灣前翻了。我幫他撿東西，談笑之間，知道他的名字叫希里樂，就讀法律系，和他母親在臨近一棟別墅度假。他有一張拉丁人的臉孔，膚色很深，五官很開朗，給人的感覺很平衡，像個保護者，立刻讓我喜歡。其實我一向避開大學生，因爲他們很粗魯，只關心自己的問題，總把小問題誇大，或者找出一些理由爲自己的無趣找藉口。我不喜歡年輕人，相較之下，我比較喜歡我父親的朋友，他們都是四十歲左右的人，對我說話很禮貌，也很溫柔，對待我如同父親，或是一個情人。不過，希里樂很討我喜歡。他個子高大，有時候看起來特別英俊，一種讓人信任的英俊。我不像父親那麼憎厭相貌醜陋的人，他這種觀念使得我們經常與一些愚蠢的人來往；但是面對外表毫無風采的人，我有一種說不出的拘束、不願親近。我覺得他們被迫無法取悅於人一事，似乎是個極大的缺陷。如果不爲討人喜歡，那我們追求的又是什麼呢？今天，我仍然不明白在這種征服欲之下，隱藏的是過剩的精力、支配感，還是潛藏在內心、無法明言的一種需要自我肯定、自我支持的心理。

希里樂要離開前，主動教我如何控制風帆。之後，我回家吃晚飯，滿腦子想著他，不太參與席間的談話，也沒注意到父親焦躁不安的神情。晚餐後，如每天晚上一般，我們坐在露台的躺椅上。穹蒼布滿星辰。我看著星星，心裡隱隱約約希望它們能早些開始在天上畫出隕落的線條，然而這時是七月初，星星靜止不動。露台的卵石子堆傳出蟬的歌聲。肯定有好幾千隻，陶醉在暑氣與月光裡，整晚發出這奇異的鳴聲。我聽人說過，蟬鳴是由兩片鞘翅互相磨擦而產生的，不過我寧可相信這歌聲來自咽喉，就像雌貓發春一樣，是一種本能的叫聲。我們都很舒服；只有我衣服裡黏在肌膚上的小沙子擋住了睡眠對我的侵襲。就這個時候，父親咳了一下，在長長的躺椅上挺起身子。

他說道：「我要宣布一件事：有個人要過來。」

我閉上雙眼，失望極了。我們的日子過得太平靜，而這竟不能繼續下去！

對社交活動總是很嚮往的艾樂莎大聲問道：「快告訴我們是誰？」

「是安娜．拉森。」父親答道，然後轉頭看著我。

我瞪著他看，驚訝得不知如何反應。

「我告訴她，如果她的服裝設計工作太累，就來這兒，所以她……她就來了。」

我萬萬想不到會有此事。安娜．拉森是我母親生前的好友，與我父親的來往並不密切。兩年前，我離開寄宿學校，父親不知該如何教育我，於是把我送到她那兒學習。僅僅一週的時間，她就把我打扮得很高雅，教導我如何打理生活。我當時對她有一股狂熱的崇拜心理，可是她以巧妙的手法把我這種心理轉移到她熟識的一個年輕人身上。我初次的優雅穿著，我初次的戀情，都要歸功於她，我對她充滿感激之情。四十二歲的她是個很嫵媚、很講究的女子，一張美麗的臉孔看起來很高傲、慵懶、冷淡。唯一讓人微言的就是她的冷淡。她態度既和藹又冷漠，全身散發出一股堅定的意志，一種讓人畏懼的內在平靜感。她雖然離婚、自由身，但是據我們所知，她並沒有情人。此外，我們的交際圈也不一樣。她來往的人都很文雅、聰敏、含蓄，而我們所交往的人都很愛喧鬧，很貪婪，我父親只要他們長得好看或者滑稽風趣就行了。我想她是有點看不起父親和我，看不起我們對玩樂的偏好、我們的輕浮，因為她看不起所有過度的事。能讓我們和她聚在一起的唯一理由就是與生意有關的晚餐邀約（她從事時裝業，我父親是廣告商）、對我亡母的懷念，以及我的主動要求。她雖然讓我感到畏懼，我對她還是非常敬佩。不過，一想到艾樂莎在場，以及她的教育觀點，她的突然來到顯得很不合時宜。

艾樂莎問完許多關於安娜社會地位的事就上樓睡覺去了，我留下來陪父親。我走到父親跟前的台階坐下來。他彎下腰，雙手搭在我肩膀上。

「甜心，你爲什麼這麼瘦？看起來活像一隻小野貓。我希望我女兒長得漂亮，有一頭金色的頭髮，身子有點強壯，一雙清澈的眼睛，還有……」

「問題不是這個。」我說道。「您爲什麼邀請安娜來呢？安娜又爲什麼答應呢？」

「也許是來看看你老爸吧。誰知道！」

我說道：「您不是安娜感興趣的那種男人。她太有才智，太自重。艾樂莎呢？您不爲艾樂莎想一想？您能想像安娜和艾樂莎聊些什麼嗎？我可想像不出來！」

「我沒想到……眞的很可怕。瑟西爾，我的甜心，我們回巴黎好不好？」他坦白說。

父親笑得溫柔，撫摩我的後頸。我轉頭看他。他深色的雙眼湛出光芒，眼睛四周有許多細小皺紋，嘴唇有點往外翹，看起來活像一頭猛獸。就跟每一次他給自己招惹出麻煩事一樣，我也跟著笑了起來。

他說道：「我的老同黨。沒有你，我怎麼辦？」

他的口氣是那麼肯定，那麼溫柔，使得我明白：如果沒有我，他是很不幸的。夜很深的時候，我們談論愛情，談論它是否複雜。根據我父親的看法，愛情如何複雜其實是人想像出來的。他對忠實、莊嚴、約束的觀念一律排斥。他對我解釋，說這些觀念都很武斷，缺乏意義。這些話要是出自別人口中，我可能很吃驚。但是我知道以他的情況而言，這些話並未排斥溫情和誠懇，相反的，就因爲他要擁有這些情感，就因爲他知道這些是暫時的，所以他更容易產生這些情感。快速、強烈、曇花一現的愛情很吸引我，因爲在我那個年紀，我不受忠實的戀情吸引。我對愛情所知甚少，只知道包含了約會、接吻，以及厭倦。

2

安娜要一星期之後才到。我抓緊最後幾天眞正的假期好好享受。別墅的租約是兩個月，但是我知道只要安娜一來，身心的徹底輕鬆就不可能再有。安娜老是爲事物賦予輪廓，爲一些字眼賦予我和父親寧願忽略的意義。她爲品味和高雅定出準則，從她突然退卻的態勢、刻意沉默不語，以及表情，我們不可能不察覺她想表達的意思。這般作風讓人興奮，也讓人厭煩，甚至感覺受到侮辱，因爲我感覺她這麼做是對的。

她到達的那一天，父親和艾樂莎決定去佛雷菊斯[1]火車站接她。我怎麼都不願意和他們一起去。父親無計可施，只好把花園裡的唐昌蒲全摘下來，打算安娜一下火車就送給她。我只建議父親千萬別讓艾樂莎捧著花。三點鐘他們離開後，我到沙灘那兒去。天氣異常炎熱。我躺在沙灘上，迷迷糊糊睡著了，直到希里樂的聲音喚醒我。我睜開雙眼，只見熾熱擊垮的天空一片刺白。我沒回答希里樂，我不想跟他或任何人說話。夏日的威力把我牢牢釘在沙灘上，雙臂沉重，口乾舌燥。

希里樂問道：「您是不是死啦？從遠處看，您活像沉船的殘骸。」

我笑了。他在我旁邊坐下，坐下時手不經意刷過我的肩膀，我的心怦怦地、隆隆地跳了起來。上星期，我高超的駕船技術使我們翻船沉入水裡。前後共有十次，我們在水中互相摟抱，我卻毫無異感；而今日不過是天氣炎熱，半睡半醒、笨拙的姿勢，就使得我體內有些東西輕輕撕裂。我轉頭看他。他正看著我。我有些了解他了：比起和他同年紀的人，他的性格更穩定、更認眞看待道德這回事，也因此對於我們家這般三人生活的奇怪處境感到吃驚。他人太好、或者是太害羞了，無法對我老實說出感想，可是從他看我父親那種不滿的斜視眼光，我感覺出他有這種想法。他是寧可希望我因爲家庭狀況而難受；然而，我並不覺得難受。此時唯一讓我難受的，是他的眼神、我心臟的猛烈跳動。他低下頭要親我。我回想最近幾天我在他身旁體會到的安全又平靜的感受，看著他有些寬又有點厚的嘴唇貼近我，感到很掃興。

我說道：「希里樂，我們很快樂……」

他輕輕吻我。我看著天空；接著，只看到紅色的光線在我緊繃的眼皮下綻放光芒。熾熱、昏沉、初吻的滋味，如怨如訴的嘆息持續了好久好久。一陣喇叭聲傳來驚動我們，我們有如驚嚇的小偷一樣分開。我一語不發離開希里樂，上坡回到家中。我很驚訝他們這麼快就回來，安娜的火車應該還沒到呀。然而我看到她正從自己的車子下來，站在露台上。

安娜喊道：「眞像睡美人的城堡！您曬得眞黑，瑟西爾！我眞高興見到您。」

「我也是。哦，您從巴黎來嗎？」我答道。

「我喜歡開車過來……唉，好累啊。」

我帶安娜到房間去。我打開窗，希望能看到希里樂的小船，可是他已經不見了。安娜坐在床上，我注意到她雙眼四周有淡淡的黑眼圈。

她嘆了口氣，說道：「這棟別墅美極了。房子的主人在哪兒呢？」

「父親和艾樂莎一起去火車站接您了。」

我把她的行李擱在椅子上，然後轉頭看她，心中吃了一驚。她的表情霎然變得萎頓，嘴唇顫抖。

「是艾樂莎・麥肯孛？他帶艾樂莎・麥肯孛來這裡？」

我不知該怎麼答話。我看著她，心中驚訝不已。這張素來顯得平靜自信的臉孔竟流露出令我詫異的表情。她瞪著我，雙眼看到的卻是我的言語所引發的影像。最後，她總算眞正看到了我，又立刻扭過頭去。

她說道：「我應該先通知您們，但我離開得太匆促，我太累了……」

我不由自主接話：「那現在……」

她應道：「現在怎樣？」

她的眼光充滿疑問、輕蔑。什麼事也沒發生過。

我搓著手傻乎乎回答：「現在您來了……我眞高興您來這裡。我在下面等您，您要是想喝點什麼，酒吧裡應有盡有。」

我結結巴巴說完，走出她的房間，下樓的一路上腦中充斥複雜的思慮。爲什麼她有那樣的表情，爲什麼她的嗓音如此激動，爲什麼她失去自制力？我坐在長椅上，閉起雙眼，回想安娜嚴峻、堅強、諷刺、自在、權威等種種表情。見到她也有那樣一張脆弱的面孔，不但令我感動，也令我生氣。她喜歡我父親嗎——可能嗎？我父親個性軟弱、輕浮，有時候優柔寡斷，沒有任何一點符合她的品味。或許只是旅途勞累，或是道德心重而憤慨的關係？我整整花了一個鐘頭東猜西想。

下午五點鐘，父親與艾樂莎回到家。我看著他下車，思索安娜可不可能喜歡他。他頭微微後傾，一臉笑容，快步走到我面前。安娜當然可能喜歡他！不管是誰都會喜歡他。

他對我大聲說道：「安娜不在火車站。我希望她沒從火車上跌下去。」

我答道：「她在她房間裡。她是開車過來的。」

「是嗎？那太好了！你只要把花給她送上去就行了。」

安娜的聲音傳過來：「您們買花送給我嗎？您們太周到了。」

她走下樓梯，神態輕鬆，滿面笑容，走到我父親面前，身上的洋裝平整，看不出絲毫旅途勞頓的痕跡。我難過地想：她是聽到車子的聲音才下樓；她大可早一點下樓與我聊聊天，哪怕談談我搞砸的考試也好！想到最後這一點，我心裡倒覺得安慰。

父親立刻往前迎去，吻她的手。

「我在火車站月台上等了一刻鐘，手裡捧著這束花傻傻地笑。謝天謝地，您在這裡！您認不認識艾樂莎・麥肯孛？」

我掉開目光。

安娜的語調非常和氣：「我們或許在哪兒見過面……我的房間真漂亮。雷蒙，您邀請我過來眞是太客氣了，我這幾天實在很累。」

父親吐口氣，晃了晃身子。就他看來，一切很順利。他說了許多漂亮話，開了幾瓶酒。我腦海裡依次浮現兩張帶著激烈表情的臉孔：希里樂的、安娜的。這個假期眞的能夠如父親宣稱的那麼單純嗎？

第一頓晚餐非常愉快。父親和安娜聊起共同認識的朋友，人數並不多，但各有風采。我取笑逗樂，興致高昂，直到安娜宣稱我父親的合夥人是個頭腦簡單的人。他雖然很愛喝酒，但是人非常好，我和父親與他一起度過許多難以忘懷的晚餐時光。

我反對她的看法。

「安娜，隆巴爾是個很風趣的人。我覺得他很幽默。」

「您總該承認他畢竟智慧不夠，連他的幽默……」

「他也許沒有一般人所說的知性，不過……」

她帶著容忍的神情打斷我的話：「您所說的知性，只不過是年齡而已。」

她這番論斷令我迷惘。對我而言，某些詞句總是散發出一股才智奧妙的氣氛，將我降服，儘管我對這些詞句並不了解透徹。安娜這句話讓我想拿出筆記本記下來。我把心中的想法告訴安娜，父親咧嘴大笑。

「幸好你不是個小心眼的人。」

我不可能小心眼，因爲安娜沒有任何惡意。我感覺她是個十分冷漠的人，她的評論並非針對任何人，不懷惡毒的尖銳，卻也因此令人更難忍受。

第一天晚上，安娜似乎沒注意到艾樂莎心不在焉地直接進入我父親的房間，不知是有意還是無意。她送我一件她設計的毛衣，可是不許我道謝。她很厭煩這類繁文縟節，再說，道謝的字眼也從來表達不出我心中的誠意，所以我也懶得說。

我離開她的房間之前，她對我說：「我覺得艾樂莎人很好。」

她面無笑容，盯著我的眼睛看，想在我身上找出一個她覺得有必要摧毀的念頭。

「是的，是的，她是個很漂亮……很友善的……年輕女子。」

我結結巴巴回答，她笑了起來。之後，我回房睡覺，情緒很焦躁。我想著希里樂，他此刻或許在坎城和女孩子一起跳舞吧？想著想著，我不知不覺睡著了。

我發覺我忘了最根本的事：大海，永不停歇的海浪，還有陽光。我也想不起來外省寄宿學校院子裡那四棵菩提樹的花香，還有三年前我離開寄宿學校時，父親站在火車站月台上的笑容，非常尷尬的笑容——因爲我那時留著辮子，還穿著一件接近黑色的醜洋裝。上了車，父親變得很快樂，整個人得意洋洋，因爲我的眼睛、嘴巴都像他，因爲我將是他最寶貴、最美妙的玩具。我那時什麼也不懂，全由父親帶我認識巴黎、奢侈品、浮華的生活。我深信我當時的享樂多是藉由金錢換來的：開快車，穿新衣服，買唱片、書籍、花朵。我現在對於耽溺於這些浮華享樂仍然不覺得羞恥，再說，我只是因爲聽人說這種享樂是浮華，我才說浮華。我很容易懊惱，容易否定自己傷心或種種難以解釋的情緒問題。耽於享樂是我性格中唯一沒有矛盾的地方，也許因爲我書讀得不夠多？在寄宿學校，除了與課業有關的書，我們是不讀書的；在巴黎，我則是沒有時間讀書。一下課，朋友便拉我去看電影，知道我不熟悉演員的名字，他們還十分驚訝。要不就是拉著我去陽光普照的露天咖啡座。我享受和大夥兒一起打發時間的樂趣，享受喝飲料的樂趣；享受有個人看著你，抓住你的手，把你帶離大夥兒的樂趣。讓人陪我走路回家，讓他把我拉到門廊下，擁我入懷，讓我領略接吻的樂趣。我對這一類的回憶都不冠上名字：約翰、貝爾、傑克……這些名字都像小女孩的一樣。一到晚上，我就像個成年人，和父親一同出席與我無關的聚會。聚會裡什麼樣的客人都有，我玩得很愉快，其他人也因爲我的年輕而覺得有趣。結束後，父親往往先把我送回家，再送他的女友回家，這一夜，我不會再聽到他回家的聲音。

我不想讓人以為他是故意宣揚豔遇。他只是不願意隱瞞他和女友實際交往的情形；更準確說，他不願意對我說一些合乎禮儀的虛言，好解釋為什麼某個女子經常在家吃午飯或住在我們家裡——幸好她們都只是暫住一陣子！不管怎樣，我不可能不知道父親和他的「女客」之間是怎樣的關係。此外，他一定很在乎我對他的信任，他也能藉此避免為了想出什麼解釋而絞盡腦汁。巧妙的考量，唯一的缺點是，有一陣子我對愛情的看法很淡薄。以我的年齡和經驗而言，愛情應該是令人陶醉的事，而不是僅僅讓人印象深刻而已。我經常誦讀一些簡短的格言，其中之一是王爾德[2]的名句：「現代社會唯一存留下來的強烈色調，是罪惡。」我帶著絕對的信念把這句話當成是我自己的，當然，我想我的信念遠遠要比我真的把這句話付諸實現還要來得深刻。我認為我的生命可以模仿這句名言，從這句名言中得到靈感，從這句名言中迸發出來，就跟一張畫上背德圖像的艾比納版畫[3]一樣：我忘了生命中有冷場、間斷，忘了日常生活的美好情感。最理想的是，我能考慮過一種下流、鄙陋的生活。

譯注

1 佛菊雷斯（Fréjus）：蔚藍海岸小城，位在坎城西邊四十公里處，是度假旅遊勝地。

2 王爾德（Oscar Wilde, 1856-1900）：英國名作家，代表作有《溫莎夫人的扇子》。

3 艾比納版畫：艾比納（Epinal）位於法國東北山區，以版畫聞名。畫作色彩豔麗誇張，內容多描寫忠勇道德之事。

3

翌晨，溫暖的陽光斜射入窗，遍灑在床上喚醒了我。夜裡，我在夢中奮力掙扎，陽光也打斷了這個奇怪混雜的夢。半睡半醒之際，我伸手想推擋照在臉上的炎熱，終告放棄。十點鐘了。我穿著睡衣走到樓下的露台去，見到安娜正在讀報紙。她臉上化著完美的淡妝。她一定從來沒有度過眞正的假。她沒注意到我，於是我拿著一杯咖啡、一顆柳橙，輕鬆自在地坐在台階上，享受美妙的早晨。咬一口柳橙，甜甜的果汁在口中噴灑開來，啜一口熱燙的苦咖啡，再吃一口清涼的果肉。早晨的太陽曬熱了我的頭髮，消除了印在我肌膚上的被單痕跡。再過五分鐘，我就要去游泳。安娜突然開口，嚇了我一跳。

「瑟西爾，您不吃早餐嗎？」

「我早上一向只喝點東西，因……」

「最好再胖個三公斤才像樣。看看您，臉頰凹下去了，連肋骨的形狀也看得一清二楚。去拿片麵包來吃。」

我請安娜別強迫我吃麵包。正當她想說不論如何還是該吃麵包的時候，我父親穿著時髦的圓點花紋睡袍來到我們面前。

他說道：「眞是宜人的景象啊。兩個小女孩在太陽底下討論麵包。」

安娜笑著說：「可惜小女孩只有一個。親愛的雷蒙，我年紀跟您一樣大啊。」

父親彎下腰，握住她的手。

「您說話總是這麼辛辣。」父親的聲音溫柔。我看見安娜的眼皮宛如出其不意受人撫摸那樣跳動起來。

我趁機離開，上樓時遇到了艾樂莎。她顯然才剛起床，眼皮浮腫，太陽曬紅的臉上是蒼白的嘴唇。我差點想叫住她，告訴她安娜就在樓下，臉上的妝化得細緻清雅，連曬太陽也很有節制，免得曬傷。我忍不住想提點她，不過她聽了也許不高興：她才二十九歲，比安娜年輕十三歲，這似乎就是她的王牌。

我換上泳衣跑去海灣。讓我吃驚的是，希里樂已經坐在船上等我。他一臉嚴肅，走到我身邊，握住我的雙手。

他說道：「請你原諒我昨天的舉動。」

我答道：「是我不好。」

我一點也不在意，他這般一臉正經反倒令我驚訝。

他把船往海裡推，說道：「我很氣自己。」

我心情愉快回道：「沒什麼，別在意。」

「我在意！」

說著說著，我已跳上小船。他站在及膝的海水中，雙手搭著船緣，有如搭在法院席位前的欄杆上一樣。他的面孔對我而言是那麼熟悉，我明白他話沒說完之前是不會上船的。難不成這個二十五歲的男人自以爲是個花花公子？想到這點，我忍不住笑了起來。

他說道：「別笑。昨晚我一直很自責。你父親和那位小姐的事……如果我是個卑鄙的傢伙，他們也保護不了你，不懂得要你提防我。你也許以爲我是……」

他並不可笑。我覺得他很善良，而且會愛上我；我也感覺自己希望能愛上他。我伸出雙臂摟住他的脖子，臉頰貼著他的臉；他的肩膀寬厚，身軀很結實。

我低聲說道：「希里樂，你人眞好，就像我的哥哥一樣。」

他氣得叫了起來，闔攏雙臂抱住我，把我輕輕拉出船外。他把我摟得緊緊，抬得高高，我頭靠在他肩膀上。那一刻，我是喜歡他。早晨的陽光下，他和我一樣散發古銅色的光采，一樣和善，一樣溫柔，他在保護我。他的嘴唇來尋找我的嘴唇，我跟他一樣喜悅得全身顫抖。我們的親吻不含內疚，沒有羞恥，只有深入的探尋，偶爾讓喃喃細語打斷。我掙開他的擁抱，往漂向遠處的小船游過去。我把臉埋進水裡好清涼一下……海水是綠色的。我覺得心中洋溢幸福，充滿無憂無慮的快樂。

十一點半，希里樂離開了。我父親和兩位女友在小徑上出現。他走在兩人之間，風度翩翩，出於習慣，輪流伸手扶兩人下坡。安娜身上穿著罩袍。在眾人評鑑的眼光下，她平平靜靜脫下袍子，躺在沙灘上。她腰肢纖細，雙腿曲線完美，無疑是多年保養的成果。我揚了揚眉梢，不由得向父親遞個讚賞的眼光。讓我驚訝的是，他沒有任何反應，只是閉著雙眼。可憐的艾樂莎一身狼狽，光忙著往全身抹上一層油。我猜不要一星期，父親就要拋棄她了……這時安娜轉頭看我。

「瑟西爾，您在這裡怎麼起得這麼早？在巴黎您不都睡到中午？」

我說道：「在巴黎有功課要做啊。累死了。」

她毫無笑容；她只在想笑的時候才笑，不像一般人爲了禮貌而笑。

「您的考試呢？」

我興致高昂說道：「砸了！徹底砸了！」

「十月的時候您一定要考上。」

父親插口：「爲什麼呢？我呀，我從來就沒有文憑，可是我過得很闊綽。」

安娜提醒他：「您起步的時候就擁有不少財產了。」

父親堂而皇之說道：「我女兒總是能找到男人養她的。」

艾樂莎笑了起來，隨即因我們三人的表情而斂色。

「她必須利用假期好好讀書。」安娜說完，便閉上眼睛，結束談話。

我朝父親投了一個絕望的眼神，他只是尷尬笑了笑。我想像自己捧著一本柏格森*的書，眼中看到的是在白紙上跳躍的黑字，耳邊聽到的是山坡下希里樂的笑聲……一想到這兒我就害怕。我走到安娜旁邊，低聲喚她。她睜開雙眼。我低頭看她，滿臉焦慮哀求的表情，還故意癟著臉頰，好讓自己看起來像個操勞過度的知識分子。

我說道：「安娜，別這樣對我，別叫我在這大熱天底下看書……放假能給我很多好處的……」

她緊緊盯著我看了一會兒，然後露出神祕的笑容又轉過頭去。

「就算是大熱天，我也應該像您說的『那樣』對您。我很了解您，您頂多怪我一、兩天，但您一定能通過考試。」

我面無笑容。「有些事情，我們是無法習慣的。」

她帶著有趣傲慢的眼光瞥了我一眼；我躺回沙灘上，心中充滿焦慮。艾樂莎高聲談論蔚藍海岸的眾多夏日節目。我父親沒聽她說話；他們三人的身軀躺成了一個三角形，父親就位在三角形最上方，他不斷以凝注、大膽的眼光看安娜仰躺的身形和肩膀，我明白他那種眼光。他張開手，然後抓住一把沙子，動作很溫柔，很規律，反覆不停。我跑向大海，整個人潛進水裡，哀嘆我們原本應該擁有卻即將失去的假期。悲劇的條件全備齊了：一名風流漢，一個半交際花，一名有才智的女子。我看到海底有個漂亮的蚌殼，玫瑰色裡雜著藍色，潛到海底揀了起來。直到吃中飯，我手中始終握著這塊平滑的蚌殼。我決定把它當成帶來好運的吉祥物，整個夏天都不放開。我不明白為什麼我沒有像丟失其他東西一樣弄丟它。至今，這個摸起來溫溫的玫瑰色蚌殼仍在我手中，我看了就想哭泣。

譯注

＊柏格森（Bergson, 1859-1941）：法國哲學家，倡導唯靈論。

4

接下來幾天，安娜對艾樂莎出奇友善。即使艾樂莎說了許多蠢話，安娜也不發表那些她懂得箇中妙理、足使艾樂莎顯得荒謬可笑的短評。我十分驚訝，不由得暗自佩服她這麼寬容有耐心，卻不明白之間摻雜巧妙的手腕：父親對殘忍的評語總是很快厭倦，安娜的表現卻令他充滿感激，而且不知如何表達。其實，他的感激只是一種藉口。他對安娜說話時，也許就跟對一個令人尊敬的女子，或者跟對自己女兒的繼母一樣：他甚至利用這張牌，不斷暗示，希望她能當我的監護者，希望她對我負起一點責任，好讓她和我們更親近，好讓她和我們的關係更密切。父親看她的眼光，對她做的手勢，是一般男人對陌生而渴望認識的女子所表現的——是指在享樂方面的認識。我注意到希里樂常以這種表情看我，令我一方面想逃避他，一方面又想挑撥他。我在這方面應該要比安娜更容易受影響。她對我父親的態度總是很冷淡，帶著平易近人的友善，令我很放心，令我相信我第一天的想法是錯誤的；但我不明白她這種明擺的冷淡反而更加刺激我父親。尤其是她的沉默……她那自然優雅的沉默。她的沉默與艾樂莎的聒噪形成強烈對比，宛如太陽與陰影。可憐的艾樂莎……她什麼也沒感覺到，即使陽光曬傷了皮膚，還是那麼熱情奔放，興奮好動。

然而，有一天她捉住我父親的眼光，明白了這一切。午飯前，我看到她在我父親耳畔低聲細語：父親的表情起先是生氣、驚訝，接著邊笑邊點頭。到了飯後的咖啡時間，艾樂莎起身走到門邊，然後學美國電影裡的角色（我這麼覺得），一副無精打采的樣子轉身對著我們，以嫵媚的法國式殷勤語調說話。

「雷蒙，你來不來啊？」

父親的臉幾乎紅了，也站起身跟過去，嘴裡說著睡午覺的好處。安娜動也不動，指間夾的香菸冒著煙。我覺得有義務說幾句話。

「一般人都說睡午覺能消除疲勞，不過我覺得這是錯誤的觀念……」

我立刻住口不語，心裡明白這句話很曖昧。

安娜冷漠答道：「別說了。」

她甚至不以曖昧的方式提醒。她立刻明白我這句話是格調低俗的笑話。我看著她刻意擺出的鎮定表情，覺得也許此時此刻她非常羨慕艾樂莎。爲了安慰她，我想到一個刻薄的方法。刻薄的念頭總令我欣喜若狂，給我一種飄飄然的自信、彷彿與自己同謀的默契。我忍不住大聲說出心中的念頭。

「艾樂莎全身曬成那樣，恐怕這午睡對兩個人都不怎麼美妙。」

我眞該把嘴巴縫緊。

安娜說道：「我討厭這種想法。以您的年齡，說這種話不僅愚蠢，而且令人難受。」

我頓時惱怒。「我不過開個玩笑。我知道他們其實很開心。」

她帶著厭煩的神色轉頭看我。我立刻向她道歉。她再度閉上雙眼，以耐心的嗓音低聲說道：「您把『愛』這件事想得太簡單了。愛情並不光是許多獨立的感受串起來的。」

我想我每一次戀愛都是如此，總是因某張臉孔、某個手勢或一個親吻而突生激情，如花短暫綻放，互不連貫。我對愛情的回憶就是如此。

安娜繼續說：「愛情裡還存在其他東西：持久不斷的體貼、溫柔、失落……這些情緒您或許難以明白吧。」

她做個搪塞支吾的手勢，然後拿起報紙讀了起來。我眞希望她因我對感情這般不負責任的態度而發發脾氣，而非擺出一副漠不關心、無可奈何的態度。她說的有道理；我活得像動物，由直覺左右、任憑他人擺布，貧乏又軟弱。我看不起我自己，也因此覺得很痛苦。我沒有看不起自己的習慣，也就是說，我從不評價自己好或是壞。我上樓回到房間，躺在日光曬得微溫的床上胡思亂想，耳邊彷彿響起安娜的話：愛情裡還存在其他東西，包含了失落。我曾經因爲想起了誰而感到失落嗎？

如今我已記不起那十五天裡發生了什麼事。我說過，我不願見到任何確定的、可怕的事情。假期的最後幾天，當然，我記得一清二楚，因爲那幾天我用盡了所有心思，用盡了所有能力。回到起初那三個星期，那快樂幸福的三週……父親以露骨的眼光盯著安娜嘴唇瞧，是在哪一天呢？是他大聲責備安娜的冷淡卻假裝是開玩笑的那一天嗎？還是他一本正經拿安娜的細密心思與艾樂莎的半愚半蠢互相比較的那一天？我之所以對兩人的發展輕忽大意，都是因爲我有個愚蠢的想法：他們兩人認識長達十五年，如果眞會相愛，早就發生了；即使他們眞的相愛，父親頂多愛她三個月，之後留給安娜的，除了一些美好激情的回憶，恐怕還有一些屈辱。然而我心底明白，安娜並不是一個任人隨意拋棄的女子。可惜希里樂占據我全副心思。我們經常晚上一起出門，到聖托佩斯*的夜總會玩，隨著單簧管的樂音跳舞，講些當天晚上聽起來很甜蜜、隔日隨即忘得一乾二淨的情話。白天我們往往在海邊玩風帆，父親偶爾陪我們一起玩。他很喜歡希里樂，尤其是希里樂讓他贏了一場自由式泳賽之後。父親叫他「小希里樂」，希里樂稱呼他「先生」，可是我心裡老想著他們兩人當中誰才算眞正的成年人。

有天下午，我們一起去希里樂母親那裡喝茶。老太太很慈祥，一臉笑咪咪的，向我們談起她一個寡婦養大孩子的艱辛。父親聽了很同情，以感激的眼光注視安娜，還對老太太說了許多恭維話。我不能不承認他從來不怕浪費時間。安娜帶著友善的笑容看他們交談。回家後，她宣稱老太太是個很親切的人。我破口大罵這一類型的老婦人，他們倆帶著容忍和好奇的笑容看著我，我爲此生氣不已。

我大聲說道：「難道您們不明白她很自滿嗎？她爲自己的一生感到很滿意，因爲她覺得她盡了她的義務，還有……」

安娜說道：「這是事實啊。按照一般人的說法，她是盡了她身爲母親和妻子的義務……」

我隨即接口：「那麼，妓女一樣的義務呢？」

安娜說道：「我不喜歡粗俗的話，哪怕是反話。」

「不是反話。她就跟所有結婚的人一樣也結了婚，只因爲想結婚，或者因爲大家都這麼做。然後她生了個孩子。您知道小孩是怎麼來的吧？」

安娜以諷刺的口吻說道：「也許沒您那麼懂，不過我至少還有點概念。」

「她把孩子撫養長大，很可能從沒碰上外遇的誘惑或令人焦慮的難題。她的一生就跟上千上萬個女人一樣，卻爲此自滿！身爲資產階級的年輕妻子和母親，她從沒做過任何事來脫離這個處境。她是因爲從來沒有做這做那而自滿，而不是因爲完成過某些事情。」

我父親說道：「這話題沒什麼重大的意義。」

我大聲喊道：「這都是幌子。之後，這些人還對自己說『我盡了我的義務』，就因爲他們什麼事也沒做！要是出生在資產階級的她後來變成流鶯，那她就值得敬佩了。」

安娜說道：「您這是時下流行的想法，沒有任何價值。」

這也許是眞的。我說出了我所相信的，只不過這些全是聽別人說的。然而，我的生活、我父親的生活，都支持這個論點，安娜看不起這個論點的態度傷害到我。我們可以如同依戀其他事物一樣依戀浮華生活，安娜卻因此認定我是個不具思考能力的人。我覺得當務之急就是指出她的錯誤。我沒想到這個機會很快就出現了，也沒想到我能抓住。此外，我也承認，過了一個月後，我對這件事肯定有另一種看法，我的信念是不持久的。我怎麼可能是個具有深刻思想的人呢？

譯注
* 聖托佩斯（Saint-Tropez）：法國蔚藍海岸小城，位在坎城西邊約五十公里處。

5

接著，到了某一天，一切結束了。有天早上，父親決定帶大家去坎城玩個一晚，賭賭博，跳跳舞。我還記得艾樂莎欣喜的樣子。在她熟悉的賭場氣氛裡，她想再度扮演因為日曬以及身處半孤絕環境而有點褪色的豔女角色。出乎我的預料，安娜並未出言反對，看起來好像還很高興。因此晚飯一吃完，我便放心地上樓到房裡換上晚禮服。我只擁有這麼唯一一件禮服，是父親替我挑選的，衣服料子是外國製的，對我來說異國情調也許太濃厚了點。可能是品味，或者習慣，父親喜歡把我打扮成豔女的模樣。我在樓下和他會合，他身穿新西裝，容光煥發。我伸手勾住父親的脖子。

「您是我認識的男人中最好看的一個。」

「除了希里樂以外吧。」他這麼說，可是心裡不這麼想，「你呢，你是我認識的女孩子中最漂亮的一個。」

「排在艾樂莎和安娜之後。」我這麼說，可是自己並不這麼想。

「既然她們兩人都不在這兒，還讓我們等……來跟你的老爸和他的風濕病跳個舞。」

我再度體會到臨出門玩樂的興奮感。他一點也沒有老爸的樣子。跳舞時，我不時聞到他身上那股混雜著古龍水、體溫、香菸的熟悉味道。他按著節奏踏舞步，雙眼半閉，和我一樣，嘴角掛著一絲抑制不住的幸福微笑。

「你一定要教我跳比波舞*。」他忘了風濕病的事，對我說道。

艾樂莎出現了。他停下舞步，口裡低聲發出無意識、奉承的讚美聲，前去迎接。艾樂莎穿著綠色禮服，緩緩從樓梯步下，嘴角掛著風塵女郎看破紅塵的笑容，那是她在賭場的笑容。她費了好大一番工夫打理乾燥的髮絲、曬傷的皮膚，看來卻不顯得出色，反而令人同情。幸虧她本人並不覺得。

「我們走不走？」

我回道：「安娜還沒下來。」

父親說道：「上去看看她準備好了沒有。到坎城都要半夜了。」

我走上樓，身上的衣服讓我覺得行動不便。我敲敲安娜的門，她大聲叫我進去。我站在門口。她身上那件灰色禮服是一種非常美麗、近乎白色、抓住光線的灰，有如清晨時分海面的色彩。那一晚，所有的成熟美似乎都集中在她身上。

「太美了！喔……安娜，這衣服眞漂亮！」

她對著鏡子笑，彷彿對著要說分手的人微笑一樣。

「這種灰色很美。」她說道。

「『您』很美。」我對她說。

她揪住我的耳朵，看著我。她的眼珠是深藍色的。我看到她那雙帶著笑的眼睛閃閃發亮。

「您是個可愛的小女孩，雖然有時候很累人。」

她連一眼也不瞧我身上的衣服，直接從我面前離開，讓我慶幸，也讓我感到受辱。她先下樓梯，我看到父親前來接她。他停在樓梯下，一隻腳踏在第一道階梯上，仰頭看著她。艾樂莎也看著她。這一幕我至今記得清清楚楚：在我前面的近景是安娜金黃色的項頸、完美無瑕的臂膀；下方幾步之遙，是我父親讚賞不已的臉孔、往前伸直的手；最後是遠處艾樂莎的身影。

「安娜，您眞是出色動人。」我父親說。

她對著我父親微笑，走下樓，拿起外套。

「我們在那兒碰面吧。瑟西爾，您要不要跟我一起走？」

她讓我開車。夜晚的道路是這麼美，我慢慢開。安娜一語不發，似乎沒聽到收音機傳來震耳欲聾的小號聲。父親駕駛的敞篷車在某個彎道超過我們，她連眉頭也沒皺一下。面對眼前我再也無法參與的場面，我覺得自己像個局外人。

在賭場玩的時候，因爲父親的失算，我們很快就輸了錢。我再度回到吧台，艾樂莎和我在一起。她的朋友也在，是個半醉的南美洲人，在劇場工作。儘管他人已半醉，嘴裡還是不斷談論自己愛好的工作，因此他還是很有趣。我跟他相處將近一個鐘頭，聊得很愉快，可是艾樂莎覺得很煩。她認識一、兩個戲劇界名人，卻對技術的話題毫無興趣，繼而問起我父親在哪兒，彷彿我知道什麼內情似的，然後就離開了。南美洲人頓時覺得很沮喪，點了一杯威士忌下肚後又顯得興致高昂。出於禮貌，我陪他開懷暢飲，什麼也不想，身心沉浸在快樂之中。他提議跳舞，情況變得更是有趣。我不得不將他攔腰抱住，好扶他站穩，還得不時抽開被他鞋子踩著的腳，費了我很多力氣。我們笑得非常開心，因此當艾樂莎一臉悲哀來拍我的肩膀，我開口準備叫她滾開。

「我找不到他。」艾樂莎說道。

她神色沮喪，脂粉脫落，臉上的疲累一清二楚，看起來眞可憐。我突然很氣父親，他實在太無禮了。

「啊！我知道他們在哪兒。」我邊說邊笑，彷彿知道這件事很自然、艾樂莎也該事先想到一樣，心裡不疑有他，「我馬上回來。」

南美洲人失去了我的攙扶，整個人倒進艾樂莎懷裡，似乎覺得很舒服。我心裡有些難過，但艾樂莎比我豐滿，我是不能怪他的。賭場非常大，我繞了兩圈也沒找到人。找遍所有露台之後，才想到往車子那兒找。

我找了一陣子才在停車場裡找到。兩人就在車上。我從車子後方往前走去，透過車子後窗看到兩人的身影。他們靠得很近，表情顯得很嚴肅，在路燈下顯得出奇美。我看到他倆凝視對方，嘴唇在動，一定是低聲說了什麼。我很想離開，但是一想到艾樂莎，我打開車門。

父親撫著安娜的臂膀，他們沒看我。

我很禮貌地問他們：「您們玩得高興嗎？」

父親帶著生氣的神情說道：「什麼事？你來這裡做什麼？」

「那您們呢？艾樂莎到處找您們找了一個鐘頭。」

安娜轉頭看我，動作非常慢，好像不太情願：「我們要回去了。跟她說我很疲倦，您父親要載我回家。等您們玩夠了，就開我的車子回去吧。」

「等我們玩夠了？您怎能這樣說！真過分！」

「過分？」我父親顯得吃驚。

「您帶一個受不了大太陽的紅髮女子到海邊來玩，等她曬得脫皮，就甩掉她。太隨便了！我呢，我要怎麼對艾樂莎交代才好？」

安娜帶著厭煩的表情轉頭看我父親；父親對著她笑，沒聽我說話。我氣到極點。

「我要告……我要告訴她，說我父親找到另外一個女人一起睡覺，叫她改天再來！是不是這樣？」

父親的斥責和安娜的巴掌同時撲向我。我立刻退開。那一記耳光很痛。

我父親說道：「馬上道歉！」

我思潮洶湧，站在車門旁邊動也不動。有風度的舉止我總是慢一步才想得到。

安娜說道：「到這兒來。」

她看起來並不凶惡，於是我走近她。她摸摸我的臉頰，然後以很溫柔、很緩慢的聲音開口說話，彷彿我是個傻孩子。

「別調皮了。我對艾樂莎感到很抱歉，不過您心思很細密，肯定能好好應對。我們明天再解釋。很痛嗎？」

「不痛。」我禮貌地回答。先前的衝動碰上她這突如其來的溫柔，令我很想哭泣。我看著他們開車離開，覺得自己身心俱空。唯一能安慰自己的，就是我的細密心思。我慢慢走回賭場，回到艾樂莎和靠著她臂膀的南美洲人身邊。

我帶著若無其事的神情說道：「安娜身體不舒服，爸爸帶她回家去了。我們去喝點東西好嗎？」

她看著我，沒有答話。我只好再想個比較能說服人的理由。

「她吐了。眞慘，衣服也弄髒了。」

我覺得這麼說很像是一回事，可是艾樂莎低聲哭了起來，哭得很傷心。我不知所措，只好看著她哭。

「瑟西爾……噢！瑟西爾，我們原先是那麼幸福……」

她哭得更厲害了，南美洲人也跟著哭了起來，嘴裡不斷重複：「我們原先是那麼幸福，那麼幸福。」此時此刻，我憎恨安娜和父親。爲了不讓可憐的艾樂莎哭泣，不讓她的眼淚弄糊睫毛膏，不讓那個南美洲人哭哭啼啼，我什麼事也做得出來。

「艾樂莎，事情還沒成定局。你跟我一起回去。」

她只是嗚嗚咽咽。「我過一陣子再回去拿我的行李。再見了，瑟西爾，我們相處得很愉快。」

我和她從來只是談談天氣、談談時裝而已，然而我感覺彷彿失去了一個老朋友。我立刻掉頭，直跑到車子那兒。

譯注

＊比波舞（be-bop）：流行於五、六〇年代的爵士舞，動作快速。

6

第二天早晨，我醒來的時候感覺非常難受。不用說，都是因爲前一晚喝了威士忌。睜開眼，周圍一片漆黑，我橫躺在床上，嘴唇沉脹，四肢軟弱無力，還出了汗，濕黏黏的，很不舒服。一道陽光透過百葉窗射進來，照耀出泛在空氣裡的許多灰塵。我既不想起床，也不想待在床上。艾樂莎回來了嗎？安娜和父親今天早上的臉色是如何？我要自己想這些事，好攢點力氣起床。等到終於起身，站在冰涼的地磚上，卻覺得頭昏腦脹。鏡子反映出一張病懨懨的臉孔，我靠在鏡子前面看：雙眼浮腫，嘴唇發脹，這張陌生的臉孔是我的臉孔……就因爲這對唇、這樣的五官比例、這些醜陋任性的線條，讓我成了一個貧乏懦弱的人嗎？如果我是個愚蠢的人，那我又怎麼能夠知道得那麼清楚呢？我以憎厭自己來自娛，討厭我這張因生活放蕩而消瘦憔悴、活像野狼的臉孔。我低聲重複「放蕩」這字眼，瞪著自己瞧，看見自己笑了。沒錯，我是很放蕩。喝了幾杯悶酒、挨了一記耳光、哭泣。我刷了牙，而後下樓去。

父親和安娜已經在露台上。兩人並肩而坐，面前擺著早餐。我含含混混道聲早安，在他們對面坐了下來。我有點害臊，不敢抬頭看，然而他們的沉默使得我不得不抬眼。安娜看起來很倦怠，那是一夜歡愛的跡象。兩人藏不住的微笑，看起來很快樂。這讓我感受深刻：對我而言，幸福一直像是個認可，是個成就。

父親問：「睡得好嗎？」

我答道：「還好。我昨晚喝了太多威士忌。」

我爲自己倒一杯咖啡，嚐一口，旋即放下杯子。兩人的沉默帶著一股刻意等待的意味，讓我覺得很不自在。我太疲倦，無法再忍耐下去。

「什麼事啊？您們看起來很神祕的樣子。」

父親以若無其事的姿態點燃一根菸。安娜看著我，很明顯，這是她生平第一次覺得尷尬。

她終於開口。「我想請你做一件事。」

我預料肯定是很不好的事。「要我再去向艾樂莎解釋？」

她掉開臉，朝我父親望去。

「我和你父親打算結婚。」她說道。

我緊緊盯著她看，然後看看父親，整整盯了一分鐘，等他眨個眼暗示，或做一些讓我震驚、同時也讓我放心的動作。他只是盯著他的手。我心想「不可能」，卻也知道是事實。

爲了節省時間，我說：「這是個好主意。」

我無法了解。極端反對婚姻束縛的父親，居然在短短一個晚上決定這件事，改變我們的生活。我們會失去長年以來的獨立。我想像三個人在一起的生活，由於安娜的才智和高雅而變得平衡的生活、向來令我羨慕的那種生活；與聰明高雅的人來往，度過幸福平靜的夜晚……我突然看不起吵吵鬧鬧的晚宴，看不起南美洲人，看不起艾樂莎那樣的女子。優越、驕傲的心理占滿我的胸懷。

「這是很好、很好的主意。」我再度說道，還對他們微笑。

「小貓咪，我就知道你會很高興的。」父親說道。

父親顯得輕鬆自在，很高興；安娜那張臉則因爲愛而顯得疲倦，呈現出不同面貌，讓人感覺似乎更能親近，更溫柔。我從沒看過她這樣的表情。

父親說道：「到這兒來，貓咪。」

他伸出雙手拉我靠近他和安娜，我在他們面前半蹲著，他們帶著甜蜜且激動的神情看著我，撫摸我的頭。而我呢，我想著，我的生命也許就在此時此刻轉變，我對他們而言只是一隻貓，一隻充滿感情的小動物。我覺得他們遙不可及：兩人由「過去」與「未來」結合在一起了，但這個羈絆我並不熟悉，也無法將我繫住。我故意閉上雙眼，頭靠在兩人膝上，扮演我該有的角色，與他們一起歡笑。我能說我不幸福嗎？安娜人很好，不是個心胸狹窄的人。她將指引我的生活，替我卸下重荷，隨時隨地為我指明道路。我將變成完美的人，父親也是。

父親起身去拿一瓶香檳。看到他這樣快樂，我覺得很噁心，可是我常常看到他為了女人而感到快樂啊……

安娜說道：「我原先有點怕你。」

我問道：「為什麼呢？」

聽她這麼說，我覺得若是我反對，兩人恐怕結不成婚。

「因為我擔心你怕我。」說完，她笑了起來。

我也跟著笑了起來，因為我的確有點怕她。她笑的意思是告訴我，一方面她知道這點，一方面這是沒必要的。

「我們這麼老還結婚，你不覺得很可笑嗎？」

「您一點也不老。」我帶著必須有的信念回答她，因爲我看到父親拿著一瓶香檳邊跳華爾滋邊走回來。

他坐到安娜身旁，手臂搭著安娜的肩膀，安娜身子往他靠過去；我垂下目光。安娜或許是爲了這點和我父親結婚：爲了他的笑，爲了他結實有力、安全可靠的手臂，爲了他的活力、他的熱情。到了四十歲這年紀，對孤獨的恐懼，也許還有最後的情欲衝動……我從來不把安娜視爲一般女人，而是當作抽象的完美人物；我在她身上看到的是自信、高雅、聰敏，從來就不是性感、脆弱……我很了解父親一定覺得很驕傲，因爲自負冷漠的安娜．拉森願意嫁給他。父親愛她嗎？能愛她愛得很久嗎？我能清楚分辨他對安娜的溫情和對艾樂莎的差別嗎？陽光曬得我頭暈目眩，我閉上雙眼。我們三人坐在露台上，心中是沉默、無言的恐懼，還有幸福感。

那幾天艾樂莎都沒回來，很快，一週又過去了。那七天我們很快樂，很愜意，僅僅短短的七天。我們設想一些複雜的裝修計畫和時間安排。我和父親從來就沒有在時間上做過安排，對此毫無概念，因此總喜歡把時間表安排得很密集，很苛求。我們眞相信自己能夠每天中午十二點半準時在同一個地方吃午飯、晚上在家吃完飯後就待在家裡嗎？父親眞相信我們做得到嗎？然而，他是那麼欣然地要將放蕩不羈的生活棄如敝屣，提倡起紀律、高雅、井然有序的資產階級生活。也許對父親和我而言，一切只是我們在腦中描繪的想像。

至今，我仍然喜歡回想那一週所留下的回憶，好折磨自己。安娜很輕鬆自在，充滿信心，非常溫柔。我父親很愛她。早上的時候，我看到他倆帶著黑眼圈，邊說邊笑下樓來，依偎在彼此身旁；我發誓我眞希望他們一輩子如此。晚上的時候，我們經常到蔚藍海岸的露天咖啡座喝餐前酒。不管走到哪裡，旁人都把我們當成是和睦正常的家庭，而我呢，一向習慣和父親單獨出門，也習慣旁人惡意或同情的微笑及眼光，當下很高興再度扮演起自己年齡應有的角色。他們打算假期結束後就在巴黎舉行婚禮。

可憐的希里樂看到我家裡的轉變，並非毫不驚訝，卻也對這個合乎禮法的結局感到高興。我們經常一同駕船玩耍，想親吻便親吻。偶爾，當他的嘴唇貼上我的嘴唇，我依稀又見到安娜的臉，那張早晨時顯得有些疲乏的臉，想到愛情使她舉手投足之間洋溢充滿幸福的緩慢及慵懶。我非常羨慕她。我和希里樂吻得渾然忘我，要不是他很愛我，這一週我也許已經成爲他的情婦。

傍晚六點鐘，我們從島上回到岸邊。希里樂把小船拉上沙灘，再一同穿越松樹林回家。沿途，爲了暖和身子，我們想出一些印第安人遊戲、障礙賽跑。抵達家門口之前，他總是追上我，抱住我，口裡大喊「勝利」，把我撲倒在鋪滿松針的地上，扣住我雙手，吻我。我還記得他急促笨拙的親吻，他貼在我身上時，與拍打沙灘的浪潮節奏協調一致的心跳聲……一、二、三，四聲心跳，還有沙灘上輕微的浪聲，一、二、三，一……他調整氣息，吻得更專注，更緊促；我再也聽不到海潮聲，只聽到自己體內的血液快速奔流。

一天傍晚，聽到安娜的聲音，我和希里樂趕緊分開，當時他正壓在我身上。我們在充滿紅色與陰影的夕陽光下，全身半裸。我明白這景象讓安娜誤解了。她以短促的口氣叫我的名字。

希里樂立刻站起身，當然滿臉羞愧。我也跟著慢慢站起來，雙眼盯著她。她轉身看希里樂，輕聲細語對他說話，彷彿沒看到他似的。

安娜說道：「我不希望再見到您。」

希里樂不作聲，只是低頭吻我的肩膀，然後離開。這個舉動如同一個信諾，令我驚訝、感動。安娜以嚴肅超然的態度看著我，好似心裡想著另外一件事。我很生氣；她如果另有所思，就沒必要說出那些話。出於禮貌，我假裝一臉尷尬走到她前面。她不由自主從我脖子上拿掉一根松針，彷彿終於看到我了。我看見她臉上擺出輕蔑的臉色，厭煩、不以爲然，使她看起來特別漂亮，也讓我有點害怕。

她說道：「你應該知道，這樣的遊戲最後總要弄到醫院裡去的。」

她站著對我說話，雙眼看著我。我覺得很懊惱。她跟某些女人一樣，說話時能夠全身動也不動，直挺挺站著；我呢，我需要一張椅子坐下來；我得抓個東西，好比夾根菸，或是盯著自己晃動的腿，才能好好說話……

「別說得這麼誇張，我只是和希里樂接吻，不會弄到醫院裡去……」我邊說邊笑。

「我希望你不要再和他見面。」她對我說，彷彿認定我撒了謊，「你不要抗議。你才十七歲，我現在多多少少要對你負起責任，也不能任你糟蹋自己的生命。再說，你有功課要做，夠你忙整個下午了。」

她轉身背對我，踩著懶洋洋的腳步走回家。我沮喪得呆在原地不動。她說出的話，表明了她心裡認定的事；她以比輕蔑更糟的冷漠來對待我的辯解、否認，好似我這個人不存在，好似我是個濃縮的東西而不是她向來認識的瑟西爾，彷彿她不會因爲懲罰我而感到心疼。我唯一的希望只剩下父親了。他會像平常一樣這麼對我說：「小貓咪，這個男孩是誰？他長得好不好看，健不健康？要小心壞蛋啊，我的乖女兒。」他必須如此，否則，我的假期就結束了。

晚餐如同一場噩夢。「我不會告訴你父親。我不是個打小報告的人，不過你得答應我好好讀書。」──這樣的話，安娜一句也沒對我說，這種心計對她而言是完全陌生的。我一方面感到安心，一方面卻暗暗責怪她；她若是如此行事，我就有了瞧不起她的理由。她沒犯這種錯。晚餐喝完湯之後，她彷彿才想起傍晚見到的事。「雷蒙，我希望您能給令嬡一些意見。今天傍晚，我看見她和希里樂在松樹林裡，似乎太要好了。」

可憐的父親，只想把這件事當個笑話打發。「您剛說的是什麼意思？他們做了什麼？」

我激動地大聲插嘴：「我只是和他接吻而已，安娜誤會……」

安娜打斷我的話：「我沒誤會什麼。不過我認爲她最好暫時別和希里樂見面。此外，她必須複習一下哲學課。」

「可憐的孩子。」父親說道：「不過，希里樂是個好男孩……」

「瑟西爾也是個好女孩。」安娜接口說道。「所以她要是出了什麼差錯，我會很傷心。她在這裡無拘無束的，如果經常和那男孩在一起，再加上兩人無所事事，我想差錯是難以避免的，您不覺得嗎？」

聽到「您不覺得嗎」這句話，我抬起雙眼，看到父親臉色煩惱，垂下目光。

他說道：「您說的也許沒錯。說來說去，瑟西爾，你必須讀點書。你也不希望重修哲學課吧？」

我簡短回答：「這對我有什麼用？」

他看了我一眼，立刻掉開目光。我覺得很狼狽。這時我明白，無憂無慮是唯一能啓發我們生活、但又不能讓我們擁有辯護理由的情感。坐在桌子對面的安娜伸手過來握住我的手，說道：「別這樣。就這一個月，暫時擺脫森林妖精的樣子，做個乖學生。不是太嚴重的問題吧？」

安娜看著我，父親也微笑看著我。討論的結果顯而易見。我緩緩抽回手。

我說道：「就是很嚴重。」

我話說得很低聲，因此他們沒聽到，或許是不願意聽到。第二天早晨，我對著柏格森寫的句子思考了好幾分鐘，才懂得其中含義：

首先，儘管我們在因果之間發現各種不同的混雜性，而且在肯定事情的本義上沒有一致的行為準則，我們總是在接觸人類繁衍的原則上，吸取博愛的力量。

我一再重讀這行句子。起初慢慢念，避免自己焦躁，接著高聲朗誦。我雙手抱頭，仔細研讀，最後終於懂了。即便如此，仍然跟第一次念這行句子的時候一樣，我只感覺冷漠、無能爲力，不想繼續讀下去。我用盡全力要自己再讀幾句，霎時間，心中卻掀起一陣風暴。我放下書，把自己拋到床上去。我想著在金色海灣等我的希里樂，想著小船輕柔的晃盪，想著我們親吻的滋味，然後想到安娜。想著想著，我不由得起身坐在床上，心臟跳動不已。我眞是又愚蠢又卑劣！我只不過是個嬌寵懶惰的女孩，沒有權利這麼想！雖然我對自己這麼說，卻難以擺脫這個念頭：安娜不但有害，而且危險，必須把她排除在我們的生活之外。我想起吃早餐時心中那股咬牙切齒的恨。怨恨的情緒折磨我，擊垮我，我瞧不起自己竟有怨恨的心情，我覺得自己有這種心情很荒謬可笑……安娜令我無法愛我自己，就爲了這點，我責怪她。我向來活得快樂又無憂無慮，她卻推我進入一個自責、良心不安的世界，對「自省」這回事完全陌生的我，只得迷失在這個世界裡。她帶給我什麼呢？

我衡量她的力量：她想要我父親，而她得到了。她將一步一步把我們變成安娜・拉森的丈夫和女兒，很文明，很有教養，很幸福——她肯定能讓我們幸福。不定性、隨興行事又沒有責任感的我們，終將受到她的影響，受她那種循規蹈矩的生活所吸引。她太有效率，父親已經漸漸與我疏遠……早餐時他那張尷尬、逃避我的臉孔一直縈繞在我腦海裡，折磨我。我想起我們說過的趣事，想起我們清晨時分一路笑著開車橫越巴黎微亮的街道回家。我很想哭。一切都結束了。再來就輪到我受安娜影響、改變、引導，我甚至體會不到痛苦。她懂得藉著婉轉、諷刺、溫柔的手腕來進行，讓我沒有能力對抗她。再過六個月，我連抵抗的欲望也不會有。

我必須採取行動，重新找回父親，找回我們以前的生活。前些天我還鄙棄前兩年的生活，在這一瞬間，那兩年顯得多麼幸福、魅力無窮……能夠自由思考、自由往壞處思考、自由地不去思考、自由地選擇我自己的生活——我不能說「做我自己」，因爲我仍是一塊有待塑造的黏土——一塊拒絕其他模型的黏土。

我知道一般人會給這種心理轉折找出許多複雜的動機，給我冠上一些漂亮動聽的「情結」：對我父親的亂倫之愛，或者是對安娜不正常的愛慕。但是我知道眞正的原因：因爲這年的酷暑、因爲柏格森、因爲有希里樂，或是因爲希里樂不在。一整個下午，我沉浸在難過的心緒裡思索，得出一個結論：我們受安娜擺布了。我不是個習慣思考的人，不由得愈想愈焦躁不安。吃晚飯時，我跟吃早餐時一樣，沒有開口說話。父親覺得有必要說點笑話。

「我之所以喜歡年輕人，就是因爲他們活潑，談話內容有趣……」

我狠狠瞪著他。他確實喜歡年輕人。除了他之外，我還能和誰談心呢？我們倆什麼都談，談愛情，談死亡，談音樂。然而他現在卻卸除防備、拋下了我。我看著他，心想：「你不再像以前一樣愛我了，你背叛了我。」我不開口說話，想讓他明白我在受痛苦的煎熬。他也看著我，突然心有警覺；也許他明白了這不再是個遊戲，我們融洽的關係即將不保。我看到他的臉色變僵，充滿疑問。

安娜轉頭看我：「你臉色很不好，我眞後悔叫你讀書。」

我沒回答，因爲我太憎厭自己製造出這個再也無法阻止的悲劇。晚飯後，在露台上，我從透著長方形亮光的飯廳窗子看見安娜不安地伸長了手，尋求我父親的安慰。我想念希里樂；聽著蟬聲，沐浴在月光下，我眞希望他把我抱在懷裡。我眞希望他撫摸我、安慰我，讓我重新找到自我。父親和安娜都不出聲。他們將有個充滿愛的夜晚，而我只有柏格森。我想哭泣，想可憐自己一番；徒勞無益。我已經可憐起安娜了，彷彿我已經確定能擊敗她似的。

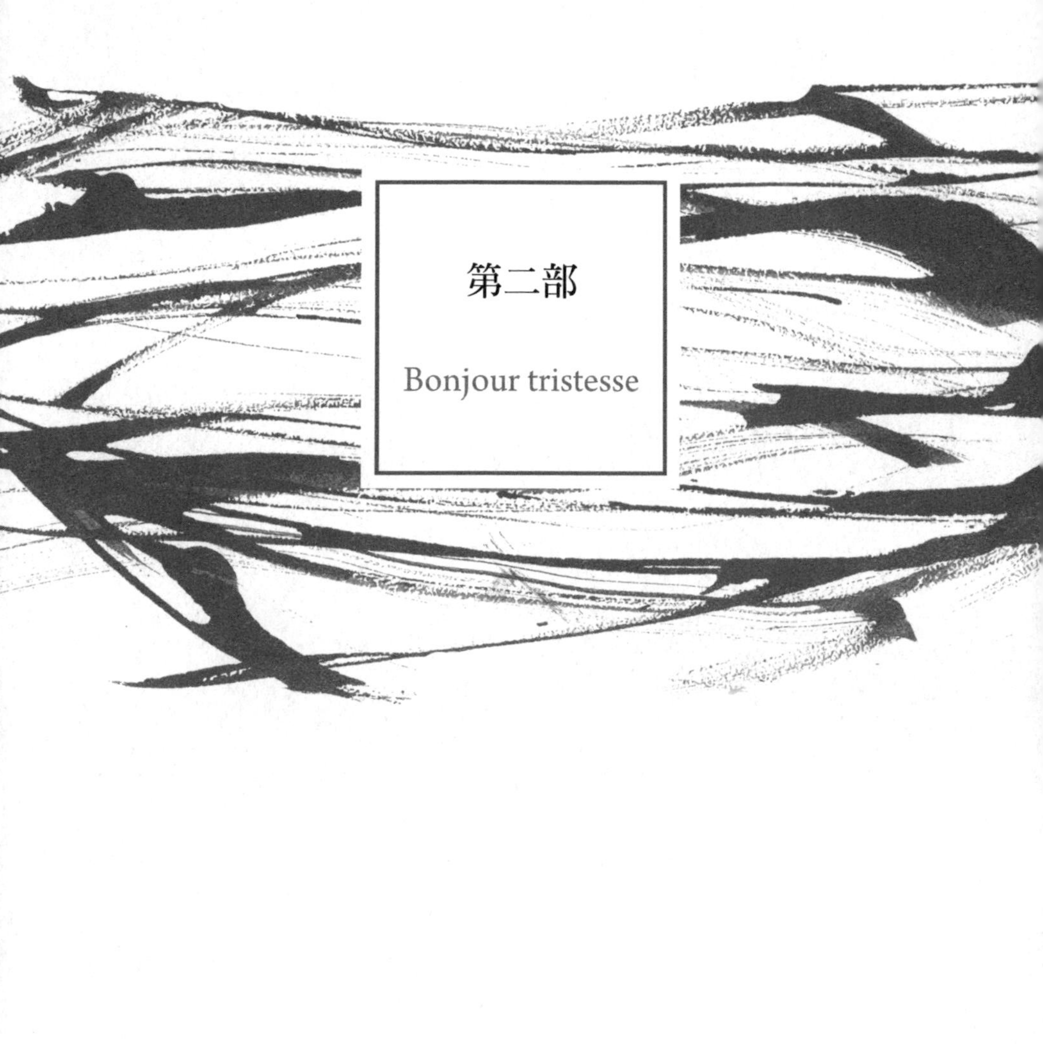

第二部

Bonjour tristesse

1

從這時候開始，一切的記憶顯得非常清晰，很令我驚訝。我變得對其他人、對我自己更加關注。爽直、自私，一直是我個性的最大特點。我一直這樣生活。然而，這幾天發生的事把我的心情攪得相當亂，使得我不能不思考，看著我自己生活。我歷經自我反省的痛苦折磨，但也沒有因此而與自己妥協。我心想：這種情緒……對安娜懷有這種情緒，是愚蠢卑鄙的；同樣的，想把她和我父親分開的念頭也很殘忍。話說回來，爲什麼我要這樣評判自己呢？難道不能簡簡單單做我自己，自由體驗眼前發生的事情？這是我生平第一次覺得「我」彷彿分裂了，並爲發現到這個二元性心理感到異常驚奇。我找出一些很好的理由，我對自己喃喃說出這些理由，認定自己是很眞誠的；可是另一個「我」出現，駁斥我的辯解，控訴我誤解自己，哪怕我的辯解聽起來非常眞實。不過話說回來，是不是另外一個我欺騙了我呢？這種睿智本身是不是一個大錯誤呢？我在房間裡左思右想好幾個鐘頭，想明白這一切是肇因於安娜引起我的恐懼、敵意，或因爲我是個自私自利，嬌生慣養，愛好無拘無束懶散生活的小女孩。

這段時間內，我一天一天消瘦下去。我在沙灘上只是躺著睡覺，吃飯的時候也刻意保持充滿焦慮感的沉默，這種沉默終於讓他們感到很不自在。我窺伺安娜，緊盯不放，整頓飯的時間，我內心說道：她對父親做的這個手勢不就是愛嗎？不就是獨一無二的愛情嗎？還有她對著我微笑時，雙眼裡充盈的焦慮……我怎麼能責怪她呢？可是，她突然說了一句話：「雷蒙，我們回去之後……」一想到她要和我們一起住、安排我們的生活，我反感頓生。我這時只覺得她是個機伶卻冷漠的人。我心想：她很冷淡，而我們很熱情；她很專制，而我們無拘無束；她漠不經心，對他人不感興趣，可是我們對人很好奇；她很持重，而我們很活潑。只有我們兩人是充滿活力的，然而，她若無其事介入我們兩人之間，讓自己活絡起來，慢慢奪走我們無憂無慮的熱情。她將偷走我們的一切，就跟一條美麗的毒蛇一樣。我心裡不斷複述：一條美麗的毒蛇、一條美麗的毒蛇……她拿麵包給我，我立刻回神，心中大喊：你瘋了，她是安娜，靈慧的安娜！她那麼照顧你。冷淡是她的生活方式，你不能認定她耍心機；她的漠不經心能讓她避開許許多多卑鄙無恥的小事，那是高貴生活的保障。一條美麗的毒蛇……我感到很羞愧，我看著她，心裡請求她原諒我。有時候，她無意中發現我看她，表情便因爲驚訝、狐疑而變得陰鬱，也因此中斷了她自己的談話。在本能的驅使下，她轉頭看我父親，父親卻帶著崇拜或者欲望的心情看著她，一點也不明白她焦慮的原因何在。我終於使得氣氛逐漸變得很沉悶，我爲此非常痛恨自己。

我父親承受的不過是他「分內」該受的苦——也就是不怎麼受苦；他深愛安娜，因這份愛感到很驕傲，很快樂，心裡容不下其他事。有一天，我早上游完泳在沙灘上打瞌睡時，他坐到我旁邊看著我。我感覺他的目光一直停留在我身上。我正要起身，擺出近來習慣僞裝的活潑姿態提議一起去水裡游泳，但他伸手摸摸我的頭，帶著傷感的嗓音大聲說道：「安娜，來看看這隻小蚱蜢，她眞瘦啊。如果讀書讀成這樣子，那就不要讓她繼續讀了。」

他以爲這麼說可以調解一切。十天之前也許可以，但是我內心已經把事情搞得非常複雜了，下午讀書的事也不再令我厭煩，因爲自從讀了柏格森的句子後，我再也沒有碰過一本書。

安娜走過來。我繼續趴在沙灘上，仔細聽她的腳步聲。她在另外一邊坐下來，低聲說道：「讀書的確不適合她。話說回來，她只要眞的好好讀書，而不是在房間裡打轉……」

我翻身看著他們兩人。安娜怎麼知道我沒讀書呢？她也許老早就猜到我內心的想法。我覺得她無所不能，不禁感到害怕。

我抗議道：「我沒有在房間裡打轉。」

父親問道：「你是不是想念那個男孩子？」

「不是！」

我撒謊。不過事實上我也沒時間去想希里樂。

父親以嚴厲的語調說道：「可是你身體不好。安娜，您看看她，簡直像一隻殺乾淨放在太陽下烤的雞。」

安娜說道：「親愛的瑟西爾，你想辦法盡點力。讀點書，吃多一點。這個考試很重要……」

我吼道：「我才不在乎這個考試，您懂不懂？我不在乎！」

絕望的我正臉看著她，好讓她明白事態比任何考試還嚴重。只要她對我說「哦，怎麼啦」，只要她逼問我一些問題，只要她強迫我對她說出心事……然後，讓她說服我，讓她決定她想做的事，我就能擺脫那些既刻薄又頹喪的情感的糾纏。然而她只是專注看著我，我發現她靛藍色的眼睛因爲關懷、責備而變得很陰鬱。這時，我明白她永遠想不到該追問我、讓我解脫，因爲她從沒想過要這麼做，也認爲沒必要這麼做。她根本不認爲我有那些鄙陋的念頭。就算她認爲我有，也是帶著輕蔑和漠不經心的態度——我這些念頭也只配得上這種態度！安娜總是賦予事物應有的重要性，所以我永遠永遠無法和她深談。

我猛地再度趴下，臉頰貼著溫暖柔和的沙子，重重嘆了一口氣，止不住顫抖。安娜伸出手，平靜、穩當地撫著我的後頸，讓我安定下來。一會兒之後，我不再發抖。

她說道：「別把生活弄得這麼複雜。你以前那麼快樂，那麼好動，不用頭腦的。現在變成了喜歡思考卻抑鬱的人。這個角色不適合你。」

我說道：「我知道。我呀，我是個頭腦簡單、身體健康，快樂卻愚蠢的年輕人！」

她說道：「來吃午飯吧。」

父親離得遠遠的，他討厭這一類談話。回別墅的路上，他牽著我的手不放。那是結實、讓人感到寬慰的手：我第一次失戀時，他替我擦眼淚；在寧靜幸福的時刻，他牽著我的手；在具有默契和狂笑的時刻，他悄悄緊握我的手。握著方向盤，或是夜裡拿著鑰匙卻找不到鑰匙孔的他的手；搭在女人肩上，或者夾著香菸的他的手。父親再也不能替我做任何事了。我緊緊握住他的手，他轉頭看我，對著我微笑。

2

兩天過去了：我光是原地打轉，把自己弄得筋疲力盡。我無法擺脫這個念頭：安娜將破壞我們的生活。我沒設法和希里樂相見，他會讓我心安，給我帶來些許幸福的，但是我不想要幸福。我甚至還故意問自己一些無法解決的問題，不斷回想過往的日子，害怕未來的日子。天氣很熱；房間的百葉窗關上了，室內只有些許光線，但是仍然無法消除難以忍受的沉悶、濕氣。我躺在床上，仰頭望著天花板，偶爾動一下，好再躺回涼快的地方。我沒睡覺，在床腳邊的電唱機上放一些很慢、沒有曲調只有節拍的唱片。我抽很多菸，我覺得自己很墮落，爲此感到很高興。然而，這種作法不足以欺騙我自己：我其實很難過，很徬惶。

一天下午，清潔婦敲我的門，一臉神祕的樣子對我說「樓下有客人」。我立刻想到是希里樂。下了樓，看到的不是他，而是艾樂莎。她很激動地跟我握手。看到她變得很漂亮，我很驚訝。她的皮膚終於曬成古銅色，一種淡淡的、很勻稱、很細緻、充滿青春的古銅色。

她說道：「我來拿行李。這幾天朱安替我買了一些衣服，不過不夠換。」

我想了一會兒誰是朱安，決定不予理會。我很高興再見到艾樂莎，她帶來一股情婦、酒吧、輕鬆愉快的晚會氣氛，勾起我對先前幸福日子的回憶。我對她說我很高興看到她，她說我們兩人以前相處得很好，因爲我們有共同點，我聽了不禁打了小小的哆嗦。我立刻加以掩飾，然後請她到我房間去，免得碰見父親和安娜。我提到父親時，她的頭忍不住動了一下，於是我想，儘管她身旁有個替她買衣服的朱安，她也許還愛著我父親……我也想到，三個星期之前的我，根本不會注意她這個小動作。

在房裡，她興高采烈大談在地中海岸過的令人陶醉的上流社會生活。我內心隱隱約約興起一些奇怪的念頭，這些念頭有一部分是她的新面貌引起的。也許因爲我默不出聲，她終於停止說話，在房間裡走了幾步，然後頭也不回，以超脫的口氣問我「雷蒙幸不幸福」。我彷彿覺得自己贏了，而且立刻明白箇中原因。這時，我腦海裡湧現出無數計畫，構思出許多策略，我感覺讓自己的論據完全征服，立刻知道應該對她說些什麼。

「說是『幸福』也太言過其實了！安娜不讓我父親有其他想法。她手腕很高明。」

艾樂莎嘆口氣：「的確！」

「你永遠猜不到的。安娜讓他下定決心要……安娜要和他結婚。」

她滿臉驚恐，轉頭看我：「結婚？雷蒙？他要結婚？」

我答道：「沒錯，雷蒙要結婚。」

我突然很想笑。我的雙手顫抖。艾樂莎看起來不知所措，彷彿被我重重打了一拳。不可以讓她有思考的時間，不能讓她理解我父親終究也到了該再婚的年紀，而且他不能一輩子跟交際女郎生活在一起。我往她靠近，嗓音壓得低低，好讓她聽了感動。

「不可以讓這件事發生，艾樂莎。他已經很痛苦了。這不是能夠忍受的事，你很明白。」

她說道：「是的。」

她看起來好像被我蠱惑住了，讓我覺得想笑。我發抖發得更厲害。

我繼續說：「我一直等著你來。只有你才夠分量對抗安娜。只有你辦得到。」

她顯然巴不得相信我的話，卻也質疑我的說法：「既然雷蒙要和她結婚，那表示他愛她。」

我低聲說道：「才不呢，他愛的是你，艾樂莎！別讓我以爲你不知道。」

我看到她眨了眨眼，轉過身，好隱藏心中的喜悅，以及我帶給她的希望。即將成事的預感把我迷得昏頭轉向，我繼續鼓動，清楚意識到應該對她說什麼樣的話。

我說道：「你懂嗎，安娜不斷灌輸他夫妻和諧、家庭、道德種種觀念，結果終於得到他了。」

這句話讓我痛苦……因爲字字句句都是我內心的感受。我雖然以簡單、甚至有些誇張的方式表達，但這句話和我的想法一致。

「艾樂莎，如果他們結婚，我們的生活就毀了。保護我父親吧！他只是個大孩子呀……」

我死命強調「大孩子」這字眼。是有點誇張做作，可是艾樂莎那雙漂亮的綠眼睛已經蒙上了同情的眼神。我彷彿唱誦聖經的讚美詩一樣，繼續把話說完。

「幫助我，艾樂莎。我是爲了你，爲了我父親，爲了你們兩人之間的愛。」

最後，我內心偷偷加上一句話：「……還有，爲了救那些中國孩子＊。」

艾樂莎開口問我：「我能做什麼呢？我覺得我辦不到。」

我以嘶啞的嗓音回答：「你要是認爲辦不到，那就算了。」

艾樂莎低聲說道：「壞女孩！」

「就是呀。」我說完，隨即轉過頭去，不讓她看見我的表情。

眼看艾樂莎就要重獲新生。受過侮辱的她，艾樂莎・麥肯孛，將要向安娜那個陰謀家展露她的手腕。她始終知道我父親是愛她的；而她儘管身旁有個朱安，也無法忘懷我父親的魅力。當然嘍，她不曾在我父親面前談論家庭的重要，但是她至少不讓我父親感到厭煩。她只是不曾嘗試……

我又說道：「艾樂莎，我再也受不了她了。你代我去見希里樂，請他讓你暫住幾天。他會跟他母親商量的。你告訴他，明天早上我去看他，我們三個人討論一下。」

我送她到門口時，又開玩笑說：「艾樂莎，你這麼做是爲了保護你的前途。」她神色嚴肅，點點頭，彷彿她能選擇的前途還不如包養過她的十五個男人那麼多。我看著她在太陽底下踩著輕快的腳步離開。我打賭一週之後，父親肯定想要她回來。

下午三點半：這個時候，我父親一定躺在安娜的懷抱裡。如花綻放，頭髮散亂，沉浸在愉快、幸福的溫暖中的安娜，一定沉沉入睡……我飛快構思計策，一分一秒也沒靜過。一下子走到窗邊，看看沙灘依傍寧靜無比的大海，接著又回到門邊，在房裡來回走動。我在心裡算計，推測，陸續推翻一個個質疑的念頭。我從來沒想到人的思維居然如此靈敏，如此活躍。我覺得自己機伶得可怕。當我在腦海裡開始一一對艾樂莎解釋，我心中湧起了一股厭惡感，厭惡自己，但同時也感到驕傲、孤獨、像個共犯。

去海邊游泳的時候，這一切卻完全崩垮。還要說嗎？面對安娜，我後悔不已，不知如何彌補自己的罪過。我幫她拿手提袋；她一準備上岸，我立刻遞大毛巾給她，對她體貼入微，言語親切。在最近幾天的沉默之後，我這種大轉變讓她感到吃驚，甚至讓她感到高興。我父親歡喜得不得了。安娜對我微笑，心情愉快地和我說話，這時，我想起「壞女孩——就是呀」這句對話。我怎麼說得出這種話呢？我怎麼能忍受艾樂莎的愚蠢呢？明天，我要叫她離開，告訴她我弄錯了。要恢復以前的樣子，我也要通過考試！上大學肯定有用的。

「是不是啊？上大學很有用處，是吧？」我問安娜。

她看著我，開懷暢笑。我很高興看到她這麼開心，也跟著大笑起來。

她對我說道：「你眞是不可思議。」

沒錯，我是不可思議，她還不知道我的計畫呢！我眞想告訴她，好讓她明白我不可思議到什麼地步！您不知道我鼓動艾樂莎扮演什麼角色吧？我要她假裝愛上了希里樂，住在他家。我們將常常看到他們倆搭船去玩，見到他倆在森林裡或海邊散步。艾樂莎又恢復以往的美麗了。喔，當然啦，她無法跟您的美相比，不過她的美是讓男人不由得回頭看的那種妖豔之美。我父親絕對無法長久忍耐下去。他永遠不能接受曾經屬於他的漂亮女子竟然這麼快便投向別的男人的懷抱，還明目張膽在他眼前招搖。更何況是跟一個比他年輕的男人在一起。安娜，您知道的，我父親雖然愛您，但爲了確信自己的魅力，他很快就會再想著艾樂莎。他是個虛榮的人，或者說，是個缺乏自信的人，隨您怎麼想。艾樂莎在我的指引下，將做些應當做的事。有一天，我父親將背叛您，而您無法忍受他，是不是啊？您不是那種和別人共享情人的女子，您一定會離開的，而這就是我所要的。是的，很愚蠢，就爲了柏格森和大熱天，我怨恨您。我想……我甚至不敢跟您說，因爲太抽象，太荒謬了。就爲了考不考大學跟您鬧翻……您可是我母親的朋友、我們的朋友啊。很有用處，不是嗎？

「是吧？」我說。

「怎麼了？你想問上大學是不是很有用？」安娜問道。

「是的。」我答道。

想來想去，最好是什麼都別跟她說，她也許不能明白。某些事情，她是不懂的。我跳到水裡去追我父親，和他一起嬉戲，重新找回遊戲、玩水、問心無愧的喜悅。明天，我要換個房間；我要帶著學校的書本搬到閣樓去住——我還是不帶柏格森的書，總不能做得太過分。我要一個人孤孤獨獨，安安靜靜，在紙張墨水的味道下，每天讀兩個鐘頭的書。等到十月，考試通過，我將同時擁有父親驚喜的笑聲、安娜的讚賞、大學入學資格。我將如安娜一樣，變成一個有才智，有教養，還有點超脫的人。我也許有思考的潛能……我不就是在短短五分鐘內設想出一個合乎邏輯的計策嗎？雖然是個可恥的計策，但是合乎邏輯。我抓住艾樂莎的虛榮心，利用她的感情，她只不過是回來拿行李，我便在短短時間之內說服她。說起來也挺有趣：我看準艾樂莎，發現她的弱點，設下圈套。我是第一次體會到這種特殊的喜悅：看穿一個人的內心，發現那人不爲人知的一面，讓那人眞相畢露，然後觸動衷腸。好比小心翼翼扣著手槍板機，見到目標便一觸即發！我從沒有這種經驗，我一直是個衝動的人。即使傷害了什麼人，往往也出於無意。我隱隱約約領略到思維運作的妙處，語言的強大力量。可惜我是透過說謊的方式才領略到。有一天，我將激情地愛上一個人，我將設法找出一個接近他的方法，就這樣小心地，溫柔地，雙手顫抖……

譯注

＊當年中國發生饑荒時，巴黎街頭出現許多以「救救中國孩子」爲口號的募款活動。此口號後來多遭濫用。

3

第二天，我往希里樂住的別墅走去。途中，我理智的那一面已感覺不太有自信了。昨晚吃飯時，爲了慶祝我改過自新，我喝了很多酒，心情非常愉快。我對父親說，我準備念文學系，將來要認識很多博學之士，希望成爲震驚輿論的名人。他必須推出大量廣告和聳人聽聞之事來替我做宣傳。我們互相交換許多荒謬可笑的意見，忍不住大笑起來。安娜帶著一種容忍的態度也跟著笑，但是笑得沒那麼大聲。有時候她閉口不笑，因爲我宣傳自己的主意超出了文學以及情理的範圍。父親因爲我們倆又能像從前一樣說笑取鬧而顯得很快樂，因此安娜也不多說什麼。最後，他們把我帶到床上睡覺，替我蓋上被子。我很誠懇地謝謝他們，並且問他們，如果沒有他們，我還能做什麼。父親不知如何回答，安娜對這問題似乎有個相當冷酷的想法，可是當我求她告訴我，而她俯身正要告訴我時，我已經睡著了。到了三更半夜，我覺得很不舒服，而今天早晨的宿醉比以往還要難受。我腦袋恍惚，還有點想嘔，直直往松樹林走去，連清晨的大海或激昂的海鷗也沒看上一眼。

我在花園入口看到希里樂。他立刻向我衝過來，把我抱在懷裡緊緊摟住，嘴裡喃喃說一些不甚清楚的話。

「心愛的，我擔心死了……這麼久……我都不曉得你做些什麼，不曉得那個女人如何折磨你……我不曉得我自己竟然如此痛苦……我每天下午都在小海灣前面繞。我不知道我是這麼愛你……」

「我也不知道。」我對他說。

說實在話，我既驚訝，也感動。我當時很想嘔吐，無法向他表達我的情感，爲此深感懊惱。

「你臉色好蒼白。從現在開始我要照顧你，不讓你繼續受人虐待。」

我知道艾樂莎一定說得太過誇張了。我問希里樂，他的母親對艾樂莎有何看法。

「我說艾樂莎是個朋友，是個孤兒。艾樂莎人很好，把那個女人的一切全告訴我了。眞奇怪，她長得那麼細緻，那麼高雅，手腕卻那麼狡詐。」

「艾樂莎太誇張了，有件事我正好要跟她說……」我低聲說道。

「我也是。有件事我要跟你說。」希里樂打斷我的話，「瑟西爾，我要跟你結婚。」

我呆住了。必須採取一些行動，必須說一些話。我要不是那麼想吐……

「我愛你。」希里樂抱著我的頭，在我髮間說道：「我不念法律了。有人提供我一個很好的工作機會……我二十六歲了，不算是小男生了。我是很認眞的。你怎麼說？」

我找不出模棱兩可的漂亮話來回答。我不想和他結婚。我不想跟任何人結婚，我很疲倦。

「不可能的……我父親……」我說得結結巴巴。

「你父親，我來負責。」希里樂說道。

「安娜不會同意。她認爲我尚未成年。如果她說不行，我父親也不會答應。我實在很累，希里樂，這些感情的事讓我激動得雙腿無力。我們坐下來吧。啊，艾樂莎來了。」

她穿著睡袍走來，看起來清新明豔，我卻是憔悴削瘦的模樣。他們兩人的神態很健朗，容光煥發，興致勃勃，更令我意志消沉。她讓我坐在椅子上，舉止十分細心，彷彿我剛出獄一樣。

「雷蒙好嗎？他知道我回去過嗎？」

她的笑容看起來很幸福，是一個原諒過人、心中充滿希望的女人的幸福笑容。我不能對她說我父親已經忘了她，也不能對希里樂說我不想嫁給他。我閉上雙眼，希里樂去端咖啡。艾樂莎說個不停，顯然把我當成心思細密的同伴，完全信任我。咖啡很濃，很香；暖和的太陽讓我得到些許安慰。

「我怎麼想都想不出解決辦法。」艾樂莎說道。

「沒有解決的辦法。那是一種迷戀，一種影響。沒有任何辦法的。」希里樂說。

「有的，有個辦法。你們眞是沒有想像力。」

我看到他們倆專心一志聽我說話，感到很得意。他們都比我大十歲，卻想不出任何主意！我神態灑脫，說道：「抓準人的心理就得了。」

我對他們再次詳述、解釋我的計策。他們的質疑與反對，就和我前一晚對自己提出的一樣。我一一推翻他們的論點，內心同時湧起強烈的愉悅。不知爲什麼，爲了說服他們，我自己也變得很熱中。我向他們仔細說明我的計畫是可行的，接下來就是要解釋爲何不應該做這件事，然而我想不出合乎邏輯的論點。

「我不喜歡這種詭計。不過，如果這麼做才能跟你結婚，我就接受。」希里樂說。

「不是安娜的錯。」我說道。

「你心裡也明白，她要是留下來，你將來只能嫁給她選擇的對象。」艾樂莎說道。

也許是事實。我能想像在我二十歲生日那天，安娜將介紹一個大學生給我，那人必定前途無量、聰明、心智平衡、對妻子很忠實。有點像希里樂。我笑了起來。

「拜託你，別笑。告訴我，你要是看到我假裝和艾樂莎相愛，你心裡會嫉妒。你怎麼能面對這些呢？你愛不愛我？」

希里樂壓低聲音問道。艾樂莎悄悄離開了，留下我們倆獨處。我看著希里樂那張褐色臉孔表情緊繃，眼神陰鬱。他愛我，給我一種奇怪的感覺。我看著他的嘴唇，非常紅，非常靠近……覺得自己的理智不知飛哪兒去了。他的臉向我貼近，我們的嘴唇終於碰在一起，彼此那麼熟悉。我坐在椅子上，雙眼睜開，他平靜的嘴唇貼在我的嘴唇上，火熱、堅定的唇；突然他的嘴唇輕微顫抖起來，他貼得更緊，想抑止顫抖，接著雙唇微啓，吻得非常激動、奔放、巧妙，太巧妙了……比起念大學，我明白我更善於在太陽底下和男孩接吻。我氣喘不定，掙脫開來。

「瑟西爾，我們應該永遠生活在一起。我可以和艾樂莎演戲。」

我捫心自問算盤是否打得正確。我是這齣戲的靈魂、導演，能夠隨時隨地喊停。

「你的主意眞是奇怪。」希里樂邊說邊笑。他笑的時候，嘴唇斜斜的，有點往外翹，看起來像個壞痞子，長得很好看的壞痞子……

「吻我，趕快吻我。」我喃喃說道。

就這樣，儘管不是眞的很願意，但是由於懶散、好奇，我推動了一場戲。有時候，我寧可當時是因爲心懷怨恨和暴力而故意去做這件事。這麼一來，我至少能夠指控我自己，而不是歸咎於懶散、太陽，以及希里樂的親吻。

一小時之後，感到相當厭煩的我離開了同謀共夥的那兩人。我反覆思索其他論點好讓自己心安：我的計畫也許不夠好，說不定父親深愛安娜、絕對能忠實於她。此外，希里樂也好，艾樂莎也好，如果沒有我，他們兩人什麼事也無法做。萬一父親就要步入陷阱，我也能找到理由中止這場戲。有機會試演這場心理戰，總是很有趣的。

而且，希里樂愛我。希里樂要跟我結婚。我一想到就欣然如醉。他如果能等我一年或是兩年，等我到成年，我會接受的。我禁不住開始想像和希里樂一起生活的情景，睡在他身邊，和他永不分開。每週日，我們這對和睦的小倆口和安娜以及我父親一起吃午飯，也許希里樂的母親也能一起來，讓氣氛更加熱鬧。

我在露台上碰到安娜，她正要去沙灘與我父親會合。她帶著諷刺的神態招呼我，就跟一般人招呼前晚醉酒的人一樣。我問她昨晚我睡著之前她想告訴我的話是什麼，她只是微笑，拒絕回答，理由是我會生氣。我父親從水中出來，肩膀寬大結實，看起來很出色。我和安娜一起游泳，她游得很慢，頭部始終保持在水面的位置，免得弄濕頭髮。接著，我們並排趴在沙灘上，我躺在兩人中間，各自默默不語，心情平靜。

就在這時候，希里樂的船在海灣最邊端出現，風帆全張開了。我父親最先看到他。

「啊，希里樂再也忍不住了。」他邊說邊笑，「安娜，我們原諒他好不好？說實在話，這男孩人很好。」

我抬起頭看，感覺事情不妙。

「他怎麼搞的？光繞著海灣……啊！他不是一個人……」

安娜也跟著抬頭看。船正從我們面前經過，繼續行駛。我看到希里樂的臉孔，心中暗暗求他走開。

父親的叫聲嚇了我一跳。然而這兩分鐘以來，我就預料到他肯定要喊叫的。

「啊……啊，是艾樂莎！她在那兒做什麼？」

他轉頭看安娜：「那女孩子眞不得了！她一定是勾引了那男孩，還讓老太太接納她。」

安娜沒聽他說話。她看著我。一與她四目相接，我連忙又趴好，藏住自己的臉孔，心中慚愧。她伸出手，撫著我的脖子。

「看著我。你怪我嗎？」

我睜開雙眼：她帶著焦慮、甚至是哀求的眼光看我。這是她第一次有如注視一個有感情、能思考的人一樣注視我，而且發生在……今天。我發出一聲哀嘆，頭重重轉向父親那邊，好甩開她的手。父親一直看著船。

安娜又繼續說話，嗓音非常低。「我可憐的孩子，我可憐的瑟西爾，多少是我的錯，我也許不應該那麼強硬……我不希望你痛苦，你相信我嗎？」

她溫柔撫摸我的頭髮、脖子。我動也不動，感覺就好像是隨著海潮退去，沙子在我身體下方流失一樣：我心中湧起一股需要被擊垮、需要溫情的感覺。憤怒也好，欲望也好，從來沒有一種感覺像這種感覺一樣征服了我。放棄演戲，將我的生命託付出去，把自己交在她的雙手中，一直到我死了爲止。我從來沒體會過這麼侵占、這麼強烈的軟弱感。我閉上雙眼。我覺得心臟好像停止了跳動。

4

我父親除了吃驚之外，沒有任何其他心理反應。清潔婦對他說艾樂莎曾經回來一趟，拿了行李就離開了。我不明白她爲什麼沒提到我和艾樂莎見過面的事。這名清潔婦是當地人，想像力強，應該早就大肆揣測我們家的狀況，更何況她還負責清理臥室。

我父親和安娜因爲內心後悔，對我分外關懷。起初，他們的善意令我難以忍受，可是很快便令我感到愜意。儘管一切全是我的錯，我也不怎麼高興整天見到希里樂和艾樂莎摟摟抱抱，擺明情投意合。我再也不能坐船，卻得看著艾樂莎披著一頭風吹亂的頭髮在海上玩，就像以前的我一樣。走在松樹林裡、村裡、馬路上……不論到哪兒都看得到他們的身影，每當遇見他倆，我總是輕而易舉裝出沉思的神態，一副毫不在意的樣子。安娜會瞄我一眼，跟我談論其他事，搭著我的肩膀安慰我。我有沒有說過她人很好呢？我不曉得她的善良是因爲她有智慧，或僅僅屬於她冷淡的一種優雅形式，不過，她總是說出適當的話、做出適當的舉動；倘若我眞的是在受苦，她就是我最好的支持者。

因此之故，我讓事情隨意發展，並不怎麼擔心，因爲我的父親，我說過了，他沒有任何嫉妒的跡象，可見他對安娜愛慕很深，也證明我的計畫無效，讓我有點生氣。有一天，我和父親結伴去郵局，正好碰到艾樂莎。她似乎沒注意到我們，我父親卻回頭看她，彷彿遇見一個陌生女子般，吹了聲口哨。

「你瞧，艾樂莎變得眞漂亮。」

「畢竟她的愛情很順利。」我說道。

父親吃驚地看著我：「你好像看得比較開了……」

「我能怎樣？他們年齡一樣大，相愛也是必然的。」

「要是沒有安娜，這件『必然的事』根本不會發生。」他很生氣，又繼續說道：「你難道想像不出一個小鬼沒經過我的同意就從我這兒搶走一個女人……」

「年齡有很大關係的。」我一本正經說道。

他聳了聳肩膀。回到家後，我發現他心事重重。他也許想著：的確，艾樂莎很年輕，希里樂也很年輕；如果和同年齡的女子結婚，那麼他就脫離了彷彿沒有年紀的男人圈子，而他原先是屬於這個圈子的。我心中忍不住有一股勝利感，可是一看到安娜眼角與唇緣的細小皺紋，我又暗暗責怪自己。然而，任憑衝動驅使，然後再後悔，是多麼容易啊……

一星期過去了。不知道事情發展如何的希里樂和艾樂莎必須每天等我。我不敢上他們那兒去；他們一定會強迫我出主意，而我是抗拒不了的。一到下午，我就回自己的房間，說是要讀書，其實在房裡什麼也沒做。我找到一本有關瑜伽的書，抱著極大的信仰去練習。有時候我自己一個人默默大笑，不出一聲，免得安娜聽到。我對她說我很用功讀書，在她面前演戲，僞裝成一個感情受挫的少女，藉著有朝一日能獲得大學文憑的希望來安慰自己。我覺得她對我很尊重，用餐的時候我甚至引述康德的句子，顯然讓我父親失望不已。

一天下午，我在身上圍了一條大毛巾，讓自己看起來更像個印度人。我右腳搭在左腿上，對著鏡子注視自己，並不是爲了好玩，而是想達到瑜伽的最高境界。這時有人敲門。我猜是清潔婦，她對任何事都不會大驚小怪，所以我大聲喊，叫她進來。

原來是安娜。她站在門口愣了一會兒，然後笑道：「你在玩什麼？」

「瑜伽。不過這不是遊戲，這是印度哲學。」

她走近書桌拿起我的書。我有點緊張。書翻開在第一百頁，前頭每一頁都寫滿我的旁注，比如「做不到」或是「太累」這類字眼。

「你眞用功。你整天跟我們談論的那篇有關巴斯卡*的論文到底怎麼樣了？」

沒錯，吃飯的時候，我總是興致勃勃談論巴斯卡的句子，假裝自己思考研究過。當然，我一個字也沒寫。我動也不動，安娜緊緊盯著我看，終於明白一切。

「你不讀書，在鏡子前面做怪動作，是你的事！可是你老是對我們兩人撒謊，對你父親、對我撒謊，就很令人惱火了。我就感到奇怪，你怎麼突然愛讀書了……」

她話一說完就出去，留下披著大毛巾、愣住的我。我不明白她爲何說我「撒謊」。我在他們面前談論文，是要讓她高興，可是突然之間，她對我如此蔑視。我已經習慣了她對待我的新態度，此刻她那種冷靜侮辱的輕視令我憤怒不已。我甩掉大毛巾，穿上長褲和舊襯衫跑出家門。天氣異常炎熱，但是在憤怒的刺激下，我停不下來，心中的憤怒因爲我不確定自己是否毫不慚愧而更加強烈。我一路跑到希里樂的別墅門口，氣喘不定。在這熾熱午後，房子顯得更寬敞、更安靜，彷彿隱藏在自身的祕密裡。我上樓直接走到希里樂的房間。上次來拜訪他母親的時候，他讓我看過他的房間。我打開房門，見到他橫躺在床上，臉枕著臂膀。我盯著他瞧了將近一分鐘：這是他第一次給我溫和、柔弱的感覺。我低聲叫他。他睜開雙眼，看到我，立刻起身。

「是你？你怎麼在這裡？」

我向他打手勢，要他別那麼大聲。他母親如果上來看到我在她兒子的房間裡，可能以爲……不管是誰都要以爲……我一時驚慌失措，立刻往門口走去。

希里樂喊道：「你要去哪兒？回來……瑟西爾。」

他挽住我的手臂，邊笑邊留住我。我轉身看他；他臉色變得很蒼白，我的臉色一定也很蒼白。他放開我的手，然而他是爲了要立刻把我抱在懷裡，把我拖到床上。我隱隱約約想著：遲早要來的，遲早要來的。接下來便是一場愛之舞曲：把自己交給欲念的害怕、溫柔與激情，突如其來的劇痛，緊接著是渾然忘我、歡喜無限的快樂感。那一天，我很幸運。希里樂非常溫柔，我體會到愛的快樂。

我在他身邊停留了一個鐘頭，心中感到茫然、驚奇。我以前常常聽人談愛情，有如談一件很容易的事一樣。年輕無知的我也曾赤裸裸談論愛情，可是我覺得今後我再也不能用那種漠然、唐突的方式談論。希里樂依在我身邊躺著，說要和我結婚，一生一世把我留在他懷裡。我的沉默令他感到不安：我起身坐直，看著他，叫他「我的情人」。他身子貼近我。我吻著他脖子上跳動的血管，輕聲細語呼喚「親愛的，希里樂，親愛的」……我不曉得那時候我對他的感情是不是愛；我向來是個很不穩定的人，也不願意把我自己想成是另外一種樣子，可是那時候我愛他更甚於愛我自己，我能夠為他犧牲一切。我離開前，他問我是否責怪他，我為此笑了起來。責怪他帶給我這個幸福嗎……

我踏著緩慢的腳步穿越松樹林走回家，全身軟弱無力，頭腦遲鈍。我叫希里樂不要送我，太危險了。我擔心從我臉上看得出歡喜過後昭然的跡象：雙眼下的黑眼圈、嘴唇的凸出線條、臉部肌肉微微顫動。安娜坐在房子前面的長椅上讀書。我已經想好一些謊言來解釋我去了哪裡，然而她沒問，她永遠不問問題。我想起我們剛剛才吵過架，因此默默無聲坐在她旁邊。我靜止不動，雙眼半閉，仔細體會呼吸的韻律，顫抖的手指。有時候，我因為想起希里樂的身軀、某些激情的事，感覺茫然若失。

我從桌上拿起一根菸，點燃火柴，火柴立刻熄滅。我小心翼翼再點第二根，因為此時並沒有風吹，只是我的手在發抖而已。火柴一接觸到香菸又熄滅了。我叨咕起來，再點第三根。這根火柴在此時顯得分外重要，彷彿攸關生死。也許是因為安娜突然之間擺脫了冷漠，面無笑容地仔細看著我。這時，背景、時間都消失了，只剩下這根火柴、我拿著火柴的手指、灰色的火柴盒，以及安娜的眼神。我心中慌亂，心臟跳得很厲害，手指緊緊夾住火柴，再度點火。火柴燃了起來，我急著把臉孔往前靠，結果香菸觸到火柴，又熄了火。我把火柴盒丟在地上，閉住雙眼。安娜一直以冷酷、疑問的眼光看著我。我內心懇求某個人能夠幫忙，能夠終止這種等待。安娜伸手抬起我的臉，我怕得緊緊閉住雙眼，免得她看到我的眼神。我感覺到有疲憊、笨拙、歡喜消逝的眼淚。她彷彿放棄了問我問題，雙手做出令人不解的動作，平靜地從我臉上往下滑，放開我的臉，接著把一根點燃的香菸放入我嘴裡，繼續讀她的書。

我賦予她這個舉動一個象徵，一個意義。至今，每當我需要一根火柴，我就想起這個奇怪的時刻：我的舉動和我之間的鴻溝、安娜眼神的壓力，以及四周的空虛，強烈的空虛……

譯注

＊巴斯卡（Pascal, 1623-1662）：法國科學家，思想家，作家。

5

我方才提到的那件事當然不會沒有影響。就跟舉止反應都很謹慎、對自己信心十足的人一樣，安娜是無法容忍妥協的。然而，她那個舉動，她堅定的雙手在我臉孔周圍輕柔放下來的那個舉動，對她而言就是妥協。她猜到一些事情，她能讓我說出實話，可是在最後一刻，她採取憐憫或是漠不關心的態度。不管是照顧我、訓練我，或是容忍我的缺失，她遭遇的困難一樣多。除了義務心理外，沒有一件事能強迫她擔任監護人、教育者的角色——與我父親結婚的同時，她也負起教養我的責任。就我來說，我寧可這種經常不變的指責來自於惱火或是敏感的情緒。「習慣」往往能很快戰勝「理智」；我們習慣他人的缺點，只要我們不覺得有義務去糾正。再過六個月，她對我可能只是感到無奈而已，一種充滿深情的無奈；這就是我需要的。然而她是不會感到無奈的，因爲她覺得她要對我負責，而且，就從某個角度來說，她的確要對我負責，因爲我基本上仍然是一個能夠塑造的人。一個能夠塑造卻頑固的人。

因此，她責備自己，也讓我明白她的自責。幾天後，吃晚飯時，仍然是爲了那些令人難以忍受的暑假功課，我和她爭論起來。我的態度有點無禮，父親爲此很生氣，結果安娜把我關在房裡，還把門鎖上。她從頭到尾都是心平氣和，我起初不知道她做了什麼，直到我口渴，想走出房間，門打不開，這才明白門鎖上了。從來沒人把我關起來：我很驚慌，非常驚慌。我跑到窗戶旁邊，沒有任何辦法從窗子出去。我轉回身，心中異常慌亂，用力撞門，結果肩膀撞得疼痛異常。我試著撬開鎖頭，咬緊牙關，不想大聲叫人替我開門。最後，只能將無用的指甲鉗留在鑰匙孔上。我雙手空空，站在房間正中央，靜止不動，專心一意體會隨著思慮清晰而逐漸湧上心頭的平靜、安詳。這是我第一次與殘忍接觸：我感覺到殘忍隨著我興起的念頭在我心中打結，固定。我躺在床上，思考一個周密的計畫。我兇狠的程度和藉口比起來是如此不相稱，使得整個下午我起身兩三次想要離開房間，然而每次都驚訝地發現門還鎖著。

下午六點鐘，父親過來替我開門。看到他進入房間，我木然站起身。他看著我，不出一聲，我對著他笑，一樣那麼木然。

「要不要談一談？」他問道。

「談什麼？你很討厭這種事，我也一樣。不會有什麼結果的……」

「說的也是。」他似乎鬆了一口氣，「你對安娜要友善一點，要有耐心。」

這個字眼令我感到吃驚：我，我要對安娜有耐心……他把問題顚倒了。在他內心底處，他認爲安娜是一個他強迫自己女兒接受的女子。若是如此，我還有希望逆轉這一切。

「我態度不禮貌，我去向她道歉。」

「你……哦……你快樂嗎？」

「當然嘍。」我語氣輕快，「再說，我要是跟安娜不和，早點嫁出去就是了。」

我知道這個解決辦法讓他感到痛苦。

「別這樣想，你又不是白雪公主……你忍心那麼早就離開我嗎？我們在一起生活才兩年而已。」

父女分離，對他、對我，都一樣，是很痛苦的。我隱約看到我在他懷裡哭泣的那一天到來，在他懷裡哭訴失去的幸福及激烈的情感。我不能讓我們倆落得一樣的下場。

「我太誇張了。我和安娜其實相處得很好。只要我們彼此互相讓幾步……」

「是啊，當然的。」

他一定和我一樣，認爲讓步也許不是來自雙方，而是來自於我一個人身上。

我接著說道：「我明白安娜是有道理的。她的生活比我們的成功，比我們的有意義……」

他情不自禁做了個不贊成的動作，我故意不理。

「一、兩個月之內，我會完全接納安娜的觀念，我們再也不會有愚蠢的爭執。只是需要一點耐心而已。」

他盯著我看，很顯然感到困擾。

也感到害怕：他將失去荒唐生活的伙伴，也會失去一點過去的時光。

「別說得這麼誇張。」他低聲說：「我承認我讓你過的生活也許不適合你的年齡……也不太適合我。不過絕不是愚蠢或不幸的生活……絕對不是。追根究柢，這兩年來我們沒有太……哦……悲哀，沒有的，只是不走正軌。不要因爲安娜的看法有點不一樣就全盤否定一切。」

「不否定，可是要放棄。」我帶著充滿信念的口氣說。

「恐怕是這樣了。」可憐的父親說道。接著，我們一起下樓。

我大方地向安娜道歉。她對我說沒必要道歉，我們之間的爭執應該是天氣太熱的關係。我覺得心情很超然，也很快活。

按照事先約定，我在松樹林和希里樂見面，告訴他接下來要做什麼。他帶著害怕和佩服的心情聽我說話，接著把我抱在懷裡，可是時候太晚了，我必須回家。我遲遲無法離開他，爲此很吃驚。他如果要找個鎖鏈將我扣住，那他已經找到了。我的身子認得他，感覺親切自如，靠著他，感覺如花一般綻放開來。我非常激情地吻他，想弄痛他，在他身上留下痕跡，讓他晚上一分一秒都不忘記我，讓他在深夜時分夢見我。若沒有他，沒有他靠在我身上，沒有他的靈巧，沒有他突來的狂熱和長久的撫摸，那夜晚是長無止境的。

6

第二天早上，我拖著父親陪我散步，快活地聊一些不重要的事。回別墅時，我建議他穿過松樹林回去。時間正好是十點半，我算準時間。林中小徑很窄，遍布荊棘，父親走在前方，不時擋開荊棘，免得刮傷我的腿。他突然定住不動，那一刻，我知道父親看到他們了。我走到父親身邊。希里樂和艾樂莎躺在落了一地的松針上睡覺，兩人的姿態散發出田園般幸福的感覺。是我吩咐他們這麼做，可是親眼看見這一幕，我卻心神欲碎。艾樂莎對我父親的愛，希里樂對我的愛，能夠阻止他們變得一樣美，一樣青春，向彼此靠近嗎……我向父親看了一眼，他一直看著兩人，全身動也不動，雙眼直視，臉色蒼白。我抓住他的手臂。

「別吵醒他們，我們走吧。」

他向艾樂莎看了最後一眼。年輕美麗的艾樂莎躺在地上，頭往後仰，古銅色的皮膚，一頭紅棕色頭髮，嘴角帶著微微的笑容，是林中仙女的笑容。她終於回復了林中仙女的美貌……我父親掉轉身子，大踏步往前走。

「婊子……」他低聲說道：「婊子！」

「您爲什麼這麼說呢？她是自由的，不是嗎？」

「不是這麼說！難道你高興見到希里樂躺在她懷裡？」

「我不再喜歡他了。」我說道。

「我也一樣，我不再喜歡艾樂莎了。」他氣得大聲說：「不過還是覺得不舒服。畢竟我以前……跟她一起生活過！更糟糕……」

確實更糟糕！父親一定跟我有一樣的感受：趕快行動，把他倆分開，重新取回自己的財產，原先屬於自己的財產。

「如果安娜聽到您的話……」

「哦？如果安娜聽到我的話……當然，她不會了解的，或許還覺得受到打擊，很正常。你呢？你是我女兒吧？難道你不再了解我？你也覺得受到打擊嗎？」

我竟然能夠輕易引導他的思路。想不到我對他的了解是如此深刻，讓我感到有點害怕。

「我沒有受到打擊。接受事實吧。艾樂莎是個健忘的人，她現在喜歡希里樂，您失去她了。更何況您先前對待她的態度不好，一般人不會原諒這種事……」

「只要我想……」父親說了這話，突然停住不語，心中感到驚恐……

「您辦不到的。」我帶著很肯定的口吻對他說，就好像討論他再度追回艾樂莎的機會是很自然的。

「我不認爲。」恢復理智的他說道。

「當然。」我聳著肩膀說道。

我聳肩膀的意思是：不可能的，我的可憐蟲，你已經淘汰出局了。一路上，父親不再說話。回到家，他伸出雙臂抱住安娜，閉住雙眼，緊緊摟了好一陣子。安娜感到奇怪，帶著笑容任他抱著。我走出房間，身子貼著走廊的牆，羞愧得全身顫抖。

下午兩點鐘，我聽到希里樂輕輕吹出來的口哨聲，立刻到海灘去。他一看到我就讓我上船，把船開離海岸。大海空空蕩蕩，沒人想在大太陽底下出海。船開到海外後，他收起風帆，轉身面對我。直到此刻我們才開口說話。

「今天早上……」他說道。

「住嘴。你住嘴！」

他把我慢慢放倒在防雨篷上。我們兩人動作很急促，全身都是汗水，滑膩膩的，笨手笨腳；小船在我們底下規律搖晃。我看著頭上的太陽，聽到希里樂激情、溫柔的喃喃聲……太陽掉下來了，粉碎了，落在我身上。我在哪兒？在大海深處，在時間之外，在歡喜底處……我大聲喚著希里樂，他沒回答我，他不需要回答我。

接著是海水的清涼。滿懷讚歎、全身慵懶、心生感激的我們一起歡笑。我們有太陽也有大海，有歡笑也有愛情，我們能夠重新再找回這些嗎？就像這個夏天一樣，愛情因爲恐懼和悔恨而變得更加熾熱、強烈……

除了愛情帶給我肉體和實際的享樂之外，思考愛情是什麼，也可說讓我得到了精神上的享樂。「做愛」這兩個字，如果把意思和字面分離，這兩個字本身就具有屬於語言的魅力。具體、實際的「做」這個字，和充滿詩意的抽象的「愛」這個字互相結合，令我感到迷惑。以前我談論愛情的時候，心中毫無羞恥，毫無拘束，也毫無甜蜜感。我覺得我現在變得很靦腆。當父親看安娜看得有點出神，當她以很低聲，很露骨，令父親和我尷尬而轉頭看窗外的笑聲發笑時，我會低下目光。如果我們對安娜說她的笑聲是如此，她不會相信的。她並不是以情婦的態度和我父親相處，而是以溫情體貼的朋友的態度。但是一到晚上，不必說……我禁止自己去想，我討厭擾人心思的念頭。

幾天過去了。我把安娜、父親，還有艾樂莎稍稍忘記。愛情使我整日心不在焉，彷彿活在親切寧靜的月亮裡。希里樂問我擔不擔心懷孕。我說我信任他，而他似乎覺得這很自然。也許就是爲了這個原因，我才這麼容易委身給他：因爲他不讓我負起責任；如果我懷了孩子，罪魁禍首一定是他。他承擔起我不能忍受的責任。再說，我很難想像我懷孕，我的身子是這麼瘦弱、硬邦邦……我第一次很高興自己有一副少女的軀體。

可是艾樂莎很焦急，不停問我問題。我總是害怕被人撞見我跟她或希里樂在一起。她想方設法、頻頻在我父親面前出現，還爲幻想的勝利感到很高興，說我父親已然無法隱瞞心裡的激情。我感到吃驚，因爲職業的關係，艾樂莎畢竟是個愛情及金錢並重的女人，但是她現在變得非常浪漫，只要看到一個眼光、一個動作這類細節就非常興奮，她明明對男人的性急向來瞭如指掌。她的確沒有扮演微妙角色的習慣，而且她要扮演的角色對她而言，可說是心思最細膩的角色。

我父親逐漸爲艾樂莎神魂顛倒，然而安娜似乎沒注意到。父親變得比以前更溫柔，更殷勤，讓我感到害怕。我認爲他這種態度歸因於他內心深處的後悔。目前最重要的是，在剩下三週的時間內不要發生任何事。之後，我們回到巴黎，艾樂莎也是。如果父親和安娜的意願還是很堅定，他們會結婚，我會有希里樂。在這裡，安娜無法禁止我去愛他，也無法禁止我去看他。他在巴黎有住所，離他母親很遠。我不禁開始想像從他家敞開的窗望出去，看得到藍色及粉紅色的天空，巴黎千奇萬象的天空，鴿子歇在窗戶欄杆上咕咕叫，而希里樂和我一塊兒躺在狹窄的床上……

7

幾天後，父親接到朋友的來電，約他到聖拉菲爾城*喝餐前酒。他立刻轉告我們，很高興能夠換換環境，暫時脫離我們自願但是有點過度的孤獨。我對艾樂莎和希里樂說我們晚上七點鐘在太陽酒吧，他們要是想去，會在那兒遇見我們。運氣不好，艾樂莎認識我父親那位朋友，更想去了。我預料到事情會有點複雜，企圖說服她不要去。白費力氣。

「查理．韋伯很喜歡我。」她帶著童真的率直口氣說：「他要是看到我，只會把雷蒙推回到我身邊。」

希里樂不在乎去不去聖拉菲爾城。對他來說，重要的是我在哪兒，他也能在哪兒。我從他的眼神裡看到他心中的想法，禁不住感到驕傲。

下午快六點鐘，我們開車出門。安娜開她的車載我們去。我很喜歡她的車子：那是一部美國大型敞篷車，適合她風光顯耀，而不適合她的品味。但這部車子跟我的品味很相符，有許多閃亮的裝飾，很安靜，遠離世間，轉彎時會傾斜。我們三個人都坐在前面，沒有一個地方像在車上一樣，讓我覺得與人的關係和睦。我們坐在前面，手肘有點侷促，一起享受速度與風吹的樂趣，也許也一起屈服於死亡的威脅。安娜開車，有如象徵我們即將組成的家庭。自從坎城那次晚間出遊之後，我就沒坐過她的車子，因此我心中百感交集。

我們在太陽酒吧見到查理．韋伯和他的妻子。他做戲劇廣告的生意，他的妻子則花他賺來的錢，花錢的速度很驚人，而且花在年輕男子身上。他總是在想如何讓收支平衡，不停設法賺錢，所以他這人很焦慮，很忙碌，給人有點低俗的感覺。以前很長一段時間他是艾樂莎的情夫，因爲艾樂莎儘管長得很漂亮，卻不是特別貪婪的女子，她對金錢的不在乎很討韋伯喜歡。

韋伯的妻子是個很惡劣的女人。安娜不認識她，而我很快就看到安娜漂亮的臉孔浮現那個她在交際場合慣有的輕視和嘲笑的表情。韋伯和平常一樣，話很多，而且老是帶著疑問的眼光看安娜，顯然在想安娜爲什麼和這個風流雷蒙以及他的女兒在一起。想到他馬上就會知道原因，我心中充滿驕傲感。我父親趁他吸口氣的時間，身子靠向他，出其不意宣布：「老兄，我有個消息要告訴你。我和安娜要在十月五日結婚。」

他驚得說不出話，輪流看著兩人。我心中很高興。他的妻子有點情緒失落，她一直很喜歡我父親。

「恭喜，恭喜。」韋伯總算以宏亮的嗓音大聲說：「太好了！親愛的女士，您要管教這個大流氓，眞是了不起！服務生……我們該好好慶祝一下。」

安娜只是微笑，很愉快、平靜。這時，我看到韋伯突然笑容滿面。我不轉頭。

「艾樂莎！天啊，是艾樂莎．麥肯孛，她沒看到我。雷蒙，你有沒有看到那個女孩變得多漂亮？」

「就是啊！」我父親說道，像個驕傲的主人。

接著，他想起實際情形，不禁愀然變色。

安娜當然注意到我父親說話的語調。她立刻轉頭避開父親的眼光，朝我望過來。正當她要開口隨便說幾句話，我身子靠向她。

「安娜，您的美麗高雅眞讓人神魂顛倒，那邊有個男子一直盯著您呢。」

雖然裝作說悄悄話，我卻特意讓父親聽見。他立刻轉頭，看到我所說的那個男子。

「我不喜歡這種事。」他說道，握住安娜的手。

「他們眞可愛！」假裝很感動的韋伯太太語帶諷刺，「查理，您不應該打擾這對戀人，只要請小瑟西爾一個人來就行了。」

「小瑟西爾是不會一個人去的。」我毫不客氣地回答。

「爲什麼呢？您有了漁夫情人？」

她看過我坐在長凳上和公車售票員聊天，從那時候起，她就根據她「沒有社會地位的人」的定義，把我當成一個沒有社會地位的人。

「當然有。」我勉強回答，裝成很愉快的樣子。

「那您肯定釣到很多魚吧？」

最可惡的是，她還覺得自己很風趣。我漸漸氣上心頭。

「我釣魚雖不拿手，也釣到幾條。」我應道。

一時之間大家默默不語。安娜以總是很穩重的嗓音說道：「雷蒙，您能不能向服務生要根吸管？喝柳橙汁沒有吸管不行。」

韋伯立刻接上話頭，大談清涼飲料。我父親笑得不可開交，以自己的方式喝杯子裡的飲料。安娜向我拋過來一道懇求的眼光，我們立刻像差點要鬧翻的人一樣，決定一起吃個晚飯。

吃晚餐時，我喝很多酒，好把安娜看我父親時的焦慮神情，或者是她視線落在我身上時似乎有點感激的表情都忘掉。每次韋伯太太拿刻薄話譏諷我，我便帶著燦爛的笑容看著她。我這個應付手腕令她感到不快，她立刻變得咄咄逼人。安娜向我打手勢，叫我不要動氣。她很討厭在公共場合惹是生非，也感覺到韋伯太太不惜一切要當眾鬧一場風波。我早就習慣了，這種事在我們的生活圈子裡司空見慣，因此聽到韋伯太太說的話，我一點也不焦躁。

吃完晚飯，我們又去另一家夜總會。抵達之後沒多久，艾樂莎和希里樂也跟著到了。艾樂莎停在門口，大聲地和衣帽間女侍說話，然後進入廳內，可憐的希里樂跟在後頭。我覺得她的姿態有點像妓女而不是戀愛的女子。不過她長得相當漂亮，她有權這麼做。

「那個追她的男人是誰？他很年輕。」韋伯問道。

他太太低聲說：「是愛情讓他看起來很年輕……」

我父親激動地說：「才不是！只是一時的迷戀罷了。」

我看著安娜。她平靜且冷淡地打量艾樂莎，彷彿看著展示她設計的衣服的人形模特兒，或是看著一個年紀很輕的女子。她一點火氣都沒有。她這種毫無小氣、嫉妒的心態，令我一時之間大爲佩服。再說，我也不明白她有什麼好嫉妒艾樂莎的。她比艾樂莎漂亮一百倍，高雅一百倍。我因爲喝醉了，便把這些話對她說。她好奇地看著我。

「我比艾樂莎漂亮？你這麼認爲？」

「當然！」

「這種話聽起來總是讓人覺得很舒服。不過你又喝太多了。把杯子給我。你看到希里樂在那兒不覺得難過嗎？話說回來，他在那兒顯得很無聊。」

「他是我的情人。」我愉快地回答。

「你醉了！幸好我們也該回家了。」

我們向韋伯夫婦告別，心中鬆了一口氣。我以一本正經的口氣稱韋伯太太「親愛的夫人」。父親開車，我頭枕著安娜的肩膀睡。

我想，比起韋伯夫婦或其他經常來往的人，我是比較喜歡安娜。她比較好，比較高尚，比較有才智。我父親不怎麼說話，也許是因爲又看到艾樂莎的關係。

「她睡著了？」他問安娜。

「睡得跟小女孩一樣。她言行舉止相當規矩。就是那句釣魚的影射話有點太直接了點……」

我父親笑了起來，接著兩人安靜不語。過一會兒，我又聽到父親的聲音。

「安娜，我愛您，我只愛您一個人。您相信我嗎？」

「不要老是跟我說這句話，讓我害怕……」

「把您的手給我。」

我差點坐直身子抗議：「不行，不可以在懸崖路上開車的時候。」可是我有點醉，再加上安娜身上的香水味，吹拂過我髮間的海風，我和希里樂相愛時他在我肩膀上留下的小印痕……有這麼多讓我感到幸福、讓我閉口不語的理由。我漸漸入睡。這時候，艾樂莎和可憐的希里樂一定騎上他去年生日時他母親送的摩托車，辛辛苦苦趕路。我不知道爲什麼我感動得要掉眼淚。我們的車子是這麼平穩，這麼適合睡覺……睡覺，韋伯太太這時候應該睡不著覺！也許等我到了她這個年齡，也會把錢花在年輕男子身上，好讓他們愛我，因爲愛是最溫柔、最具生命力、最合理性的事。錢是不重要的。重要的是，人不要變得尖酸刻薄、善於嫉妒，別像她嫉妒艾樂莎或安娜一樣。我低聲笑了起來，身子往安娜的肩膀又壓深一點。「睡吧。」她帶著威嚴的口氣對我說。我終於睡著了。

譯注

＊聖拉菲爾城（Saint-Raphaël）：蔚藍海岸小城，位在坎城西邊約三十公里處。

8

第二天醒來時，我精神非常好，幾乎不覺得疲倦，只是因爲酒喝太多，頭和脖子有點酸痛。陽光如同每天早晨一樣灑在我的床上；我推開被單，脫掉上身睡衣，讓裸背對著光線。我臉枕著交叉的臂膀，眼前看見的是棉布床單的粗糙紋理，再遠一點，一隻猶疑不定的蒼蠅在瓷磚地板上來回打轉。陽光既溫柔又暖和，似乎一一擺正我皮膚底下的骨頭，以特殊的治療法暖和我的身子。我決定整個早上就這樣，一動也不動。

昨晚的事在我腦海裡逐漸清晰。我想起我對安娜說希里樂是我的情人。眞好笑，人喝醉的時候會說出實話，卻沒有人相信。我也想起韋伯太太，以及和她的口角之爭。這類型的女人我見多了：身處這種環境的女人，一旦到了這般年紀，因爲整日無所事事又渴望感覺自己是活著的，往往變得很令人憎厭。安娜的冷靜讓我覺得她比平常更惡劣，更令人厭煩。話說回來，這也是事先料得到的；我想不出父親的女友當中，有誰禁得起和安娜相比。想要與韋伯夫婦那樣的人愉快地過個晚上，要麼必須有點醉，很樂意和他們打打鬧鬧，要麼就必須和夫婦其中一人有親密的關係。拿我父親來說，事情比較單純：他和韋伯都是獵豔者。若韋伯對我父親說「你猜今晚誰跟我一塊兒吃晚飯、睡覺？是索萊爾電影裡的小瑪絲。我回杜佩家之後……」，我父親只會邊笑邊拍他的肩膀，回道「你這幸運的男人！她跟艾莉絲幾乎一樣漂亮」，講這一類國中生說的話。我覺得這種話聽起來舒服的原因，在於兩個人談笑時的興奮和熱情，即使是漫長的晚上在露天咖啡座聽隆巴爾講傷心話（「我只愛她，雷蒙！你記得今年春天她離開前……眞傻，男人的生命就只爲了一個女人！」）也一樣：兩個男人邊喝酒邊談心事，多多少少有點低俗、丟臉，不過很溫馨。

安娜的朋友絕對不談論自己的私事，他們可能沒有這一類經驗；即便要談，也一定以不怎麼好意思且自嘲的方式。安娜對我們這種人際關係一定抱著優越感。我覺得我會贊同她這種優越感，這種和善且具有感染性的優越感……然而，我覺得到了三十歲的我會比較像我們的朋友，而不像安娜。她的沉默、冷淡、持重讓我覺得壓抑。我會和她不同，再過十五年，世故的我會喜歡一個有魅力、也有點世故的年輕人。

「我第一個情人叫做希里樂。我那時十八歲，海邊天氣很熱……」我興致高昂，想像起未來那個男人的臉孔。這張臉孔要跟我父親一樣，有些細小皺紋……有人敲門。我連忙套上睡衣喊道：「進來！」是安娜，她小心翼翼拿著一個杯子。

「我想你需要喝一點咖啡……你不會覺得很不舒服吧？」

「我覺得很好。我想我昨晚有點醉。」

「就跟每次我們帶你出門一樣……」她笑了起來，「不過我得說，多虧你排遣我的無聊。昨晚的聚會眞是漫長。」

我的心神不再放在陽光上，也不在咖啡的味道上。每當我和安娜說話，我總是全神貫注，覺得自我不再存在。然而，就只有她一個人經常質疑我，強迫我評價自己。我和她在一起的時刻總是很緊張，很難受。

「瑟西爾，你喜歡和韋伯或是杜佩這些人一起玩樂嗎？」

「大體說來，我覺得他們的談吐令人受不了，不過他們很有趣。」

她盯著在地板上來回打轉的蒼蠅。我想那這隻蒼蠅一定斷了腳。安娜的眼睫毛很長很密，她是很容易有優越感的。

「你從來不覺得他們的談話內容很單調嗎？而且……怎麼說呢……很沉悶。那些有關合約、女人、晚會的事，你對這些從來不感到厭煩嗎？」

「您知道的，我在修道院裡住了十年，這些人不道德的生活反而令我感到很好奇。」

我不敢繼續說我很喜歡。

「你離開寄宿學校已經兩年了。這跟邏輯或道德無關。這是感性問題，是第六感……」

我一定沒有感性。我很清楚體會出我在這方面有缺陷。

我插嘴問道：「安娜，您認為我是個有才智的人嗎？」

她對我這個突兀的問題感到驚訝，然後笑了起來。

「當然，什麼話！你爲什麼問我這樣的問題？」

「我縱使是個傻子，您也會這樣回答我。」我嘆口氣，「我老是覺得您凌駕於我……」

「這是年齡的關係。我的自信心要是不比你的強，可會令我煩惱的。我會被你影響！」

她笑了起來。我氣上心頭。

「不見得不好。」

「那就慘了。」她答道。

她以輕快的語調說完這句話後，突然安靜不語，雙眼直瞪著我看。我覺得很不自在，身子稍微動了一下。直到現在，我也無法習慣別人和我說話的時候一直盯著我看，或是很靠近我身邊，好確保我聽他們說話。其實這是錯的，因爲在這種情況下，我滿腦子只想著如何擺脫，如何逃避，我會邊說「是的，是的」，頻換站姿，躲到房間的另一個角落；面對這些人的堅持、唐突、自我獨尊的心理，我會感到很憤怒。幸運的是，安娜不認爲她有必要以這種方式纏住我，可是她雙眼不離地看著我，我很難保持我談話時一向喜歡用的輕快活潑的語調。

「你知道像韋伯這樣的男人，會有什麼樣的結局嗎？」

我心想：包括我父親這樣的男人在內。

「恐怕落得很悲慘吧。」我愉快地回答。

「到某個年紀，他們的外表不再具有吸引力，像一般人所說的，不再有『健旺的身體』。他們或許不能再喝酒，卻依然想著女人。爲了擺脫孤獨，他們只好付錢給女人，對許許多多事妥協。不幸的是，還會遭女人愚弄。到那時候他們才決定選擇情感，要求很嚴……我見過很多人就這樣變成落魄不堪。」

「可憐的韋伯！」我說道。

我徬惶不知所措。等著我父親的就是這種命運嗎？如果沒有安娜照顧我父親，他是不是可能落到這種下場？

「你以前沒想過這些事吧。」安娜帶著同情的笑容說：「你很少考慮到未來，是不是？這是年輕人的特權。」

「請您不要這麼說，不要拿年輕來責備我。我盡可能不利用年輕人的特權。我不認爲因爲年輕就能擁有所有特權，或者以之爲藉口。我沒把青春看得多麼重要。」

「那你看重什麼事呢？安穩的生活？獨立自主？」

我怕這一類話題，尤其怕和安娜談起這些事。

「什麼都不是。我跟您說過，我很少思考。」

「你和你父親都有點令我生氣。『我們從來不仔細考慮……我們一無是處……

我們不知道』……你喜歡自己這樣嗎？」

「我不喜歡我自己。我不愛我自己，我不想愛我自己。您有些時候總要強迫我，把我自己的生活弄得很複雜，我幾乎要怪您了。」

她若有所思，嘴裡哼起歌來。我聽過，可是記不起來是哪一首。

「安娜，這是什麼歌？我受不了……」

「我不知道。」她又笑了起來，神情看來有點失望，「躺一下，好好休息吧，我會在別處繼續調查你家人的才智問題。」

當然。調查我父親很簡單，我心中這麼想，彷彿聽到父親回答：安娜，我什麼都不思考，因爲我愛您。儘管她是個很有智慧的人，這個理由對她來說也應該很充足。我伸了好一會兒懶腰，又躺回枕頭上。儘管我對安娜說我很少思考，我還是思考了很久。安娜說的太嚴重了。再過二十五年，我父親會是個白髮蒼蒼、親切友善的六十歲老人，有點喜歡喝威士忌，愛好談論多采多姿的往事；我們會經常一起出門；我對他描述我的荒唐生活，他給我一些意見……這時我發覺自己竟把安娜排斥在未來生活之外。我不能，也沒辦法把她加入我們的未來生活。在那間雜亂無章，有時候很冷清，有時候擺滿花朵，耳邊總是聽到吵鬧聲和外國口音，經常堆著許多行李的房子中，我無法想像安娜帶來的整齊、寧靜、諧和，彷彿這些是最珍貴的東西。我很害怕無聊；自從我眞的愛上了希里樂，而且跟他有實質關係後，我也許沒那麼怕受到安娜的影響，讓我擺脫了許多恐懼。但是我怕無聊、寧靜，怕得勝過一切。爲了讓內心得到平靜，我父親和我都需要外在的紛擾，而安娜是不能接受的。

9

我花了許多時間談安娜和我自己，很少提及我父親。並非他的角色在這個故事裡不重要，也不是說我對他不感興趣。我從來沒喜歡過其他人就跟喜歡他一樣，此外，那段期間我心裡激發的所有感情裡，就數我對他的感情最穩定、最深刻，也是我最珍惜的。我太了解他、太接近他，反而無法主動談論他。然而他比任何人需要我的解釋，好讓他的行爲能讓人接受。他既不虛妄，也不是個自私的人。可是他很輕浮，無可救藥的輕浮。有時我談論他的方式，甚至就和談論一個無法擁有深刻感情、不負責任的人一樣。他對我的感情絕對不能等閒視之，也不能僅僅視爲一個父親的責任。我遠比任何人容易令他受苦；而我自己呢，那一天我之所以感覺身處絕望之境，不就是單單因爲他有放棄的舉動，因爲他將眼神掉開嗎？他從來不把自己的情事看得比我重要。有些晚上爲了送我回家，他肯定錯過許多韋伯所說的「好機會」。但是在此之外，他縱情享樂，感情不專，輕佻隨便，我不能否認。他從不思考。他對每件事都試圖給一個他認為很合理的生理解釋：「你覺得你態度很惡劣？那多睡一點覺，少喝一點酒。」就連他偶爾著迷於一個女人，他的態度也是一樣，不壓制，也不激勵，不讓情感變得很複雜。他是個物質主義者，但是他很溫柔，很體諒，很善良。

他因為對艾樂莎抱有欲望而感到懊惱，但不是一般人以為的理由。「我對安娜不忠實，表示我愛她不像從前那麼深了」——他不這麼想，他想的是「我對艾樂莎有欲望！眞煩人，必須趕快解決，否則我和安娜之間會有麻煩」。再說，他愛安娜、敬佩她。幾年來與一些輕浮、還有點愚蠢的女子交往之後，安娜讓他改變了。安娜這樣的人滿足了他的虛榮、他的情欲、他的感性，因為安娜了解他，以智慧和經驗幫助他面對自己。我不確定他是否體會到安娜對他的感情多麼深。對他而言，安娜是個理想的情人，是我理想的母親。他是否想過「我理想的妻子」，以及與其相連的所有責任呢？我不這麼認為。我相信，在希里樂和安娜的眼中，他跟我一樣不正常——這是指情感方面。儘管如此，他的生活仍是多采多姿，因為他認為生命很單調，所以把精力全放在生活上。

當我算計著要把安娜排除在我們的生活之外，我並沒有想到他的感受。我知道他看得開，他什麼事情都看得開。與規律的生活相比，斷然排除安娜，他受的痛苦要少一些。只有習慣和等待才會眞正打擊、傷害到他，和我完全一樣。他和我是同一種人。有時候，我認爲我們屬於最純正的遊牧民族；有時候，我認爲我們是悲哀可憐、思想貧瘠的享樂者。

這段時間他受著苦，至少很惱火。對他而言，艾樂莎象徵過去的生活、象徵青春時光，尤其是他本人的青春時光。我感覺他很想對安娜說「親愛的，對不起，我要離開你一天，我需要去那女子身旁，好明白我不是一個糟老頭。我需要重新接觸她慵懶的身體，好讓我心安」。但是他不能這麼對安娜說；倒不是怕安娜嫉妒，或因爲安娜的道德標準、絕不妥協，而是因爲安娜是根據幾項原則才答應與他一同生活：他必須結束放蕩不羈的生活，言行舉止不能再像個中學生，要當個値得女性託付終生、負責的男人；因此他必須舉止得宜，不能任性行事、做欲望的奴隸。我們不能指責安娜這樣要求，這是正常、健全的想法，然而依舊擋不住我父親對艾樂莎的欲望。他的欲望逐漸凌駕一切，甚至因爲禁忌而更加高張。

我原本能夠解決的。只要叫艾樂莎向我父親讓步，然後隨便找個藉口請安娜陪我去尼斯或什麼地方度過一個下午就行了。等我們回到家，見到的會是神情輕鬆的父親，對合法的夫妻生活充滿新的溫情，至少，回到巴黎之後，他們會成為合法夫妻。還有一點是安娜無法忍受的：那就是和其他女人一樣，只是我父親某段時間的情婦。唉，她的自尊自重真是讓我們難以度日！

但是，我沒叫艾樂莎讓步，也沒請安娜陪我去尼斯。我希望我父親的欲望在他心中逐漸擴大、侵蝕，讓他犯錯。我無法忍受安娜瞧不起我們過去的生活，蔑視我和父親覺得很幸福的生活。我不是想侮辱她，只想讓她接受我們對生活的看法。必須讓她知道我父親欺騙了她，而且必須讓她客觀看待這件事，視之為逢場作戲，而不是對她本人的侮辱。就算她不論如何認為自己是正確的一方，那她也必須對我們的錯誤不予干涉。

我甚至假裝不知道父親的苦惱。千萬不能讓他對我告白，不能讓他強迫我變成他的同黨，強迫我傳話給艾樂莎，強迫我把安娜隔開。

我還必須假裝認為父親對安娜的愛不但有神聖的一面，也有世俗的一面。對我來說這是輕而易舉的。想到他欺騙安娜、冒犯安娜，我心中充滿恐懼，也充滿些許敬佩。

那段時間我們過著幸福的日子。我製造許多機會，刺激父親對艾樂莎的欲望。

看到安娜的表情，我不再覺得慚愧。有時候，我想像她終將接受現實，使得三人在一起的生活不僅符合我們的喜好，也符合她的喜好。此外，我經常和希里樂密會，偷偷親熱。松針的香味、海濤的聲音、撫摸他身體的感覺……他起先因爲後悔而萬般苦惱，一點也不喜歡我要他扮演的角色。他之所以答應，是因爲我讓他認爲這對我們之間的愛情發展是有必要的。這當中有許多虛僞、沉默，可是只有一丁點兒的努力及謊言！我說過，只有我自己才能強迫我評價自己。

這段經過，就讓我三言兩語交代過去吧。我害怕若繼續追尋，會再度陷入嚙食我心靈的回憶裡。現在，只要一想到安娜幸福的笑聲、她對我的友善，某種情結就會襲擊我的心靈，就像出其不意在我腰下打一拳一樣，讓我覺得很痛，氣喘不定，恨我自己。我覺得自己是如此接近一般人所說的良心不安，不得不藉助一些方法轉移心思，譬如點根菸，放一張唱片，打個電話給朋友，慢慢地想起其他事。可是我不喜歡這樣，我不喜歡求助於遺忘、輕浮，而不設法克制。我不喜歡在我身上看到這些缺點，哪怕是要利用它們得到解脫。

10

厄運總喜歡選擇一張鄙陋粗俗的臉孔，眞奇怪。那年夏天，厄運選上了艾樂莎。一張漂亮的臉孔，更恰當地說，一張迷人的臉孔。她還擁有非常出色的笑聲，有渲染力，開懷自滿，那種只有帶點愚蠢的人才有的笑聲。

我很快就發覺這個笑聲在父親身上造成的效果。我們必須「撞見」艾樂莎和希里樂在一起，我要她盡量利用她的笑聲。我告訴她：「當您聽到我和父親走過來，什麼都不要說，只要笑就好了。」一聽到她那種滿足的笑聲，父親臉上總要抹上一層憤怒的表情。導演的角色讓我激動非常。我的計策從來沒失敗過，每當我們看到希里樂和艾樂莎在一起，公然表現出他們之間虛構卻引人遐想的關係，我和父親總要臉色發白，血色盡失，因爲血液被比痛苦還難受的占有欲吸引到遙遠的地方去了。希里樂……希里樂靠在艾樂莎身上……這情景讓我心神交瘁。這是我和他及艾樂莎一起設計的，卻不了解它的力量。話很容易說，也很動聽；然而當我看到希里樂的臉孔輪廓，看到他溫軟的脖子湊向艾樂莎迎上來的臉孔，我願意付出一切，好讓這件事不發生。我忘了是我要他們這麼做的。

除了這些充斥日常生活的意外，還有安娜的信心、溫柔，以及（我很難用這個字眼）「幸福」。沒錯，我從來沒看過她如此幸福，整個人投注在自私自利的我們身上，對我們的強烈欲望和我卑鄙無恥的伎倆完全不知情。我早就算準她這點：她的冷漠、自尊，使她本能地避開各種將我父親緊緊縛住的花招，而且除了漂亮、聰慧、溫柔之外，她也從不賣弄風情。我不由得憐憫她；憐憫，就像一首軍樂，令人感到喜悅振奮。不能責備我具有憐憫心。

一個天氣很好的早上，女傭興奮地送來一封艾樂莎的信，信上寫著：「一切都解決了，趕快來！」我有一種大難臨頭的感覺。我討厭結局。我去沙灘那兒見艾樂莎，她滿臉勝利的表情。

「我剛剛見過你父親。一個鐘頭之前。」

「他跟你說些什麼？」

「說他對過去的事非常抱歉，還說他的態度很無禮。這是實話……不是嗎？」

我想我是該承認。

「然後他稱讚我。就只有他懂得怎麼稱讚人……哦，口氣有點冷淡，聲音很低沉，好像感到很痛苦一樣……這口氣……」

我把沉浸在甜蜜愛情裡的她拉回現實。

「他到底要說什麼？」

「哦，沒什麼……哦有的，他請我和他一塊兒到村子裡喝個茶，向他證明我是個不記恨、有肚量又開明的女子，就是這樣！」

父親對紅髮年輕女子「開明」的看法令我發笑。

「你爲什麼笑？我應不應該去？」

我差一點回答說不關我的事。緊接著我發覺她把她倖倆的成功歸之於我。是也好，不是也好，令我焦躁。

我覺得進退兩難。

「我不知道，艾樂莎，看你的決定。不要老是問我該怎麼做，好像我逼你……」

「就是你啊，完全歸功於你，所以……」

她敬佩的口吻讓我感到恐懼。

「你想去就去，不過以後別再跟我提這些事吧！」

「可是……可是得讓他甩掉那個女人啊……瑟西爾！」

我立刻逃走。就讓我父親做他想做的事，就讓安娜自己解決問題吧。再說，我和希里樂有約。對我而言，似乎只有愛情才能讓我擺脫心中隱隱約約的恐懼。

希里樂一語不發抱住我，把我帶走。在他身旁，一切變得很舒暢，充滿激情和愉快。一段時間過後，我依偎在他身旁，依偎在他古銅色、汗水淋淋的胸膛，而我，全身疲倦，就像海中落難者一樣，心神迷惘，我對他說我憎厭我自己。我邊說，邊笑，雖這麼想但是心中不覺得痛苦，只覺得舒暢又無可奈何。他不把我的話當真。

「沒關係。我很愛你，我會讓你對自己的看法變得和我一樣。我愛你，我非常愛你。」

整個午飯時間，我腦海裡響著這句話的旋律：「我愛你，我非常愛你。」因此，儘管我如何仔細回憶，也想不起午飯的前後經過。安娜穿著一件淡紫色洋裝，和她眼圈的顏色一樣，和她雙眼的顏色一樣。我父親在笑，外表看來很自在。他的問題都解決了。吃甜點的時候，他說下午要去村子裡買些東西。我內心在笑。我很累，心想該來的總是避不了。我只有一個願望，到海邊游泳。

下午四點鐘，我下坡準備到海灘去。我在露台上碰到父親，他正要去村子；我什麼話也沒跟他說，甚至沒提醒他要小心。

海水很輕柔，很暖和。安娜沒有來，她一定在房裡忙著下一季要推出的新款時裝，而父親和艾樂莎在卿卿我我。兩個鐘頭過後，陽光已無法暖和我的身子了，我上坡回到露台，坐在沙發上讀起報紙。

這時候，安娜乍然出現。她從松樹林那兒跑出來，雙肘緊貼著腰，跑得很費勁，很笨拙。我看著她，竟覺得她像一個老太婆，而且就要摔倒了。我驚愕不已：她消失在房子後面，跑到車庫去了。這時我明白過來，連忙跑過去，想追上她。

她早已經坐在車上，發動了引擎。我跑著趕到車旁，使勁敲車門。

「安娜，安娜，您別走。這是一個錯誤，是我的錯，讓我解釋……」

她沒聽我說話，沒看我，只是低頭放下手剎車。

「安娜，我們需要您！」

她聽到後挺起上身，整張臉變了樣子。她哭了。這時候我才領悟，我所攻擊的是一個有血有肉、感情脆弱的人，而非一個抽象人物。她以前一定也是個小女孩，有點含蓄，經歷少女階段，變爲成熟的女人。四十歲的她獨自生活，愛上一個男子，希望能跟他一起生活十年，也許二十年。而我……這張臉孔，這張臉孔，是我的傑作。我整個人嚇呆了，身子靠著車門顫抖不已。

「你們不需要任何人。」她喃喃說道：「你也好，他也好。」

引擎仍在運轉。我很絕望。她不能這樣子離開。

「原諒我，請您原諒我……」

「原諒你什麼？」

她雙眼的淚珠不停流下來。她臉孔僵直，好像不知道自己在流淚。

「我可憐的小女孩……」

她摸了一下我的臉，然後開車離去。我看著車子消失在房子轉角處。我茫然若失，不知所措……一切發生得這麼快。而她那張臉，那張臉……

我聽到身後有腳步聲。是我父親。他花了好些時間抹掉艾樂莎的口紅印，拍乾淨衣服上的松針。我轉過身，往他撲過去。

「混蛋，混蛋！」

我哭了起來。

「發生了什麼事？安娜是不是……瑟西爾，說呀，瑟西爾……」

11

我和父親在晚餐時間才碰面，兩人都爲這突然再度獲得的獨處而焦慮不已。我一點也不餓，他也一樣。我們都很明白，安娜必須回到我們身旁。就我而言，我無法長久忍受腦海裡安娜離開之前讓我看到的那張傷心臉孔，也無法忍受想起她心中的哀傷，還有我的責任。我忘記了我處心積慮的手段，以及設想良好的計畫。我覺得我變得十分徬徨，六神無主。我在父親的臉孔上也看到一樣的心情。

「你想，她會永遠拋棄我們嗎？」

「她一定是回巴黎去了。」我說道。

「巴黎……」我父親出神地喃喃自語。

「我們也許再也看不到她……」

他看著我，心慌意亂，從桌子對面伸手過來握住我的手。

「你一定很怪我。我不知道自己怎麼回事。我和艾樂莎一起回家，走在林子裡的時候，她……哦，我吻了她，安娜一定是這個時候到松林去，然後……」

我沒聽他說話。在松樹影子下互相擁抱的艾樂莎和父親，讓我覺得滑稽可笑，不切實際，我想像不出他們的樣子。這一天唯一活著的，殘忍地活著的，就是安娜的臉孔，我最後看到的那張充滿痛苦的臉孔，那張受人欺騙的臉孔。我從父親的香菸盒裡拿出一根菸點燃。在吃飯當中抽菸，又是另一件安娜不能忍受的事。我對著父親笑。

「我很明白，這不是您的錯……您只是像一般人說的，一時糊塗。安娜一定要原諒我們，至少要原諒您。」

「要怎麼做呢？」他問我。

他臉色很難看，我覺得他很可憐，接著，我也覺得自己可憐。安娜爲什麼這樣拋棄我們？爲什麼爲了一個小小的過錯就要讓我們受苦呢？她對我們不是有義務嗎？

「我們寫封信給她，求她原諒我們。」

「好主意。」我父親大聲地說。

三個鐘頭以來我們一直被悔恨折磨，沒有任何行動，現在他總算找到脫離這個處境的方法。

我們飯也沒吃完，就把桌布、刀叉杯盤推在旁邊。父親拿了枱燈、幾枝筆、一瓶墨水，以及一些信紙來，我們幾乎是面帶笑容，面對面坐著，深深覺得只要寫信道歉，安娜很可能再度歸來。一隻蝙蝠飛到窗子前舞出美麗優雅的弧形線條。我父親低下頭來，開始寫信。

我一想到那晚我們寫給安娜的信充滿眞摯的情感，心中就湧起一股難以忍受的嘲諷和殘酷。我們就像兩個很認眞、笨頭笨腦的小學生一樣，在燈光下安安靜靜地做這項不可能的作業，題目就叫「找回安娜」。我們寫了兩封文情並茂的信，字裡行間都是道歉、溫情、懺悔。信寫完的當下，我覺得安娜一定無法抗拒，我們會重歸於好。我彷彿看到充滿著羞愧、幽默的饒恕場景……在巴黎，在我們家的客廳，安娜進來，然後……

電話鈴響起來。那是晚上十點鐘。我們兩人都覺得奇怪，互相看了一眼，接著希望頓生：是安娜，是她打電話來，說要原諒我們，她會回來。我父親立刻跑去接電話，高興大喊「喂」。

之後，他口裡說著「是的，是的！在哪兒」，聲音低得幾乎聽不到。我也站起來，心中湧起恐懼，看著父親不由自主地一手掩面。最後他把電話筒慢慢掛回去，然後轉身對著我。

「她出了車禍，就在伊絲特蕾山路*上。警方花了很多時間才找到她的地址。他們打電話到巴黎去，巴黎的人把我們這裡的電話號碼給他們。」

他語氣呆板平淡，我不敢打斷他的話。

「出事地點是在最危險的路段。據說那裡發生過很多車禍。車子從五十公尺高的地方掉下去。她要是保住性命，那可是奇蹟。」

我記得接下來的那個晚上就像一場噩夢。遠光燈下出現在眼前的馬路，我父親僵直的臉孔，醫院的大門……我父親不願我去看她。我坐在等候室的長凳上，看著一幅維納斯的石印畫。我腦筋空空，什麼都不想。一名護士小姐對我說，這是夏初以來在那個地方發生的第六樁車禍。我父親一直沒回來。

我那時想，安娜透過死，再一次表現得和我們不同。如果我們要自殺，假設我們有這個勇氣，我父親和我會在腦袋上開一槍，留下遺言解釋自殺的原因，讓應負責的人一輩子寢食不安。但是安娜給我們留下想像的空間，讓我們認爲是個意外事件，畢竟那條山路危險，她的車子也不夠穩定。我們很快就會因爲軟弱而接受這項禮物。再說，我今天之所以說是自殺，也是我的一廂情願。有人會為了像我和父親這樣不死不活、不需要任何人的人自殺嗎？此外，我和父親從來也只說那是一樁車禍。

第二天下午將近三點鐘，我們回到別墅。艾樂莎和希里樂坐在台階上等我們，一看到我們就立起身，站在我們前面，看起來活像兩個被遺忘的滑稽角色。這兩人沒有一個認識安娜，也沒有一個喜歡她。他們各有各的感情問題，他們的美貌與苦惱變成了雙重誘餌。希里樂朝我走前一步，抓住我的手臂。我看著他，發覺我從來沒愛過他。我只是覺得他人很好，很迷人；我喜歡他帶給我的快樂，可是我不需要他。

我要走了，我要離開這棟房子，這個男孩，還有這個夏天。我父親在我旁邊，也抓住我的手臂，然後我們進入屋內。

房子裡有安娜的外套，她的花，她的香水味。我父親關上百葉窗，從冰箱裡拿出一瓶酒，還拿了兩只杯子。那是我們唯一找到的良藥。我們的道歉信仍擱在桌上。我推開信，兩封信飄落在地。父親正好拿著裝滿酒的杯子往我走過來。他遲疑了一會兒，避開信，免得踩在上面。我覺得這一切充滿象徵意義，而且很沒格調。

我雙手接過酒杯，一口喝光。房間半明半亮，我看到窗前父親的身影。海浪拍在沙灘上。

譯注

*伊絲特蕾山（L'Estérel）：法國南部普羅旺斯省景色最秀麗的山脈之一。地勢險峻，多懸崖峭壁。

12

葬禮是在巴黎一個豔陽高照的日子舉行，送殯的人各色各樣，都穿黑色衣服。我和父親向安娜年邁的親戚握手。我帶著奇怪的心理看著這些老婦人：如果安娜活著，她們有可能一年一次到我們家來喝個茶的。送殯的人都以同情的眼光看我父親，一定是韋伯大肆宣揚他們原本要結婚的消息。我看到希里樂在出口找我。我設法避開他。我心中對他的怨恨完全是沒理由的，可是我無法不恨他……周圍的人都哀嘆這樁不幸的意外，由於我對安娜車禍死亡的事還抱著疑問，所以這些話讓我感到寬慰。

回家途中，開車的父親牽起我的手，緊緊握住。我心想：「你只有我一個人，我也只有你一個人，我們是孤獨不幸的人。」接著，我哭了，這是我第一次哭泣。這是紓解心情的眼淚，跟我在醫院維納斯石印畫前體會到的可怕空洞完全不一樣。我父親臉色哀傷，一語不發，只是把手帕遞給我。

整整一個月，我們過得就跟鰥夫和孤女一樣，足不出戶，晚上一起吃飯，中午一起吃飯，偶爾才提起安娜的事：你記得嗎？那一天……我們談到她的時候都非常小心，而且不看彼此，免得引起心中的痛苦，或者避免其中一人突然傷感，不可收拾地說出一些心酸話。這些謹慎、這些彼此感受到的痛苦讓我們得到報償。後來我們終於能夠以尋常的口吻談起安娜，就像談到一個以前一起過得很幸福，後來被上帝召回身邊的人——「上帝」，而不是「意外」。我雖然這麼想，然而我們是不信上帝的。在這種情況下，相信意外已經是令人感到幸福的事。

有一天，我在一位女友家中認識了她的一個表兄，我很喜歡他，他也喜歡我。一星期當中，我和他一起出去很多次，就跟熱戀初期一樣，經常約會，而且很衝動。不適合孤獨生活的父親也一樣，跟一個野心頗大的年輕女子來往密切。生活又回到以前的樣子，彷彿注定要重新開始。當我和父親在一起，我們說笑，談談各自的豔遇。他一定很清楚我和菲利普之間不是柏拉圖式的愛情，我也很明白他的新女友讓他付出不少代價。不過我們很快樂。冬天已近尾聲，我們不再租同一棟別墅，改租靠近汝安松林*的另一棟度假屋。

只不過，凌晨時分我躺在床上，耳邊只聽到巴黎車子的聲音時，我禁不住想起往事：夏天又來了，還有那些回憶。安娜，安娜，安娜！我在黑暗中低聲呼喚這個名字。這時，我心中湧起一股情懷，我閉上雙眼，以它的名字迎接它：日安，憂鬱。

譯注

＊汝安松林（Juan-les-Pins）：蔚藍海岸小城，位在坎城東邊。

Françoise SAGAN
莎岡年表

麥田編輯部整理

一九三五年　六月，於法國洛特省出生。

一九五四年　出版處女作《日安憂鬱》（*Bonjour tristesse*），年僅十九歲，並因此書獲得法國「文評人獎」（Prix des Critiques）。

一九五五年　出版小說《微笑》（*Un certain sourire*；英譯：*A Certain Smile*）。

一九五七年　四月，莎岡駕駛的跑車翻覆，造成嚴重車禍，傷及三名路人，莎岡自己也需臥床療養五個月；隔年，她因此事件遭控過失傷人，並賠償一百萬舊法郎（當年約值兩千三百八十美金）。出版小說《一月之後、一年之後》（*Dans un mois, dans un an*；英譯：*Those without Shadows*）。

一九五八年　創作之芭蕾舞劇《失約》（*Le Rendez-Vous Manque*）於英美各地巡演。三月，與長她二十歲的出版商Guy Schoeller結婚，旋即於一九六〇年六月離婚。Otto Preminger執導小說同名電影《日安憂鬱》，由珍西寶（Jean Seberg）飾演十七歲少女瑟西爾一角。《微笑》改編爲電影。

一九五九年　出版小說《你喜歡布拉姆斯嗎？》（*Aimez-vous Brahms?*）。

一九六〇年 完成劇本《瑞典的城堡》（*Château en Suède*）。

一九六一年 出版小說《奇妙的雲》（*Les merveilleux nuages*；英譯：*Wonderful Clouds*）、劇本《偶爾聽見小提琴》（*Les violons parfois*）。《你喜歡布拉姆斯嗎？》改編爲電影。

一九六二年 一月，與美籍雕刻家Bob Westhof（即James Robert Westhof，莎岡多本作品的英文版譯者）再婚，育有一子Denis。

一九六三年 三月，與Bob Westhof離婚，此後與時裝造型師Peggy Roche、隨筆作家Bernard Frank、法文版《花花公子》編輯Annick Geille等人維持長年雙性同居戀愛關係；完成劇本《華蓮婷娜的紫裙》（*La robe mauve de Valentine*）。

一九六四年 出版帶有自傳色彩的小說《毒物》（*Toxique*）、劇本《幸福、奇數和賭注》（*Bonheur, impair et passe*）。

一九六五年 出版小說《熱戀》（*La chamade*）。十月，聲援因撰書抨擊當時法國總統戴高樂（Charles de Gaulle, 1890-1970）而遭判刑的右翼作家，捍衛創作自由。

一九六六年	完成劇本《刺》（*L'écharde*）、《昏迷的馬》（*Le cheval évanoui*）。
一九六八年	出版小說《心靈守護者》（*Le garde du cœur*，英譯：*The Heartkeeper*）。
一九六九年	出版小說《夕陽西下》（*Un peu de soleil dans l'eau froide*，英譯：*Sunlight on Cold Water*）。
一九七〇年	完成劇本《草地上的鋼琴》（*Un piano dans l'herbe*）。
一九七一年	與西蒙波娃、莒哈絲、女演員珍妮摩露等人同聲抗議反墮胎法。
一九七二年	出版小說《藍色的靈魂》（*Des bleus à l'âme*，英譯：*Scars on the Soul*）。
一九七四年	出版小說《失去的側影》（*Un profil perdu*，英譯：*Lost Profile*）。
一九七五年	出版小說《碧姬．芭杜》（*Brigitte Bardot*）、短篇小說集《絲般的眼》（*Les yeux de soie*，英譯：*Silken Eyes*）。
一九七六年	執導電影《藍色羊齒草》（*Les fougeres bleues*）。
一九七七年	出版小說《凌亂的床》（*Le lit défait*，英譯：*The Unmade Bed*）。
一九七八年	完成劇本《日夜天晴》（*Il fait beau jour et nuit*）。
一九八〇年	出版小說《獵犬》（*Le chien couchant*，英譯：*Salad Days*）。
一九八一年	出版小說《化妝女子》（*La femme fardée*，英譯：*The Painted Lady*）、短

	篇小說集《舞台音樂》（*Musiques de scène*，英譯：*Incidental Music*）。
一九八三年	完成劇本《平靜的暴風雨》（*Un orage immobile*，英譯：*The Still Storm*）。
一九八四年	出版回憶錄《我最美好的回憶》（*Avec mon meilleur souvenir*）。
一九八五年	出版小說《無心應戰》（*De guerre lasse*，英譯：*A Reluctant Hero*）、《維佳之屋》（*La maison de Raquel Vega*）。獲頒摩納哥獎（Prix de Monaco），肯定其文學成就。十月，隨當時法國總統密特朗出訪哥倫比亞，心臟病發，隨即由波哥大醫院轉送回巴黎治療。
一九八七年	出版小說《女優Sarah Berhardt，不變的笑容》（*Sarah Bernhardt, ou le rire incassable*）、《淡彩之血》（*Un sang d'aquarelle*）、劇本《反面的極端》（*L'excès contraire*）。
一九八八年	遭控非法持有並吸食古柯鹼、海洛因、大麻。身爲密特朗的密友，莎岡起初聲稱此案受政治力干涉，一九九〇年判刑確認後，才於電視訪問中坦承藥癮問題。
一九八九年	出版小說《愛是束縛》（*La laisse*）；著有《艾菲爾鐵塔：世紀禮讚》

（*The Eiffel Tower: A Centenary Celebration*）。

一九九一年　出版小說《逃亡之路》（*Les faux-fuyants*，英譯：*Evasion*）。

一九九三年　出版回憶錄《我心猶同》（*...Et toute ma sympathie*）。

一九九四年　出版小說《短暫的憂傷》（*Chagrin de passage*，英譯：*A Fleeting Sorrow*）。

一九九六年　出版小說《丟失的鏡子》（*Le miroir égaré*）。密特朗逝世。

一九九八年　出版回憶錄《肩後》（*Derrière l'épaule*）。

二〇〇二年　遭控逃漏稅並判緩刑，因病無法出庭。

二〇〇四年　因心肺衰竭病逝，享年六十九歲。

二〇〇五年　法國*Elle*雜誌選爲世界六十位傑出女性之一。

二〇〇七年　情人Annick Geille出版《莎岡的戀人》（*Un amour de Sagan*），大爆當年四人同居生活與複雜關係。

二〇〇八年　Diane Kurys執導電影《Sagan》，由Sylvie Testud飾演莎岡一角。

GREAT! 02 日安憂鬱
Bonjour Tristesse by Françoise Sagan

作　　者　莎岡Françoise Sagan
譯　　者　陳春琴
主　　編　徐凡
封面設計　許晉維
責任編輯　陳瀅如（一版）、丁寧（二版）

國際版權　吳玲緯
行　　銷　闕志勳　吳宇軒
業　　務　李再星　陳美燕
總 編 輯　巫維珍
編輯總監　劉麗真
總 經 理　陳逸瑛
發 行 人　凃玉雲
出　　版　麥田出版
地址：10483台北市中山區民生東路二段141號5樓
電話：(02)2500-7696
傳眞：(02)2500-1966
發　　行　英屬蓋曼群島商家庭傳媒股份有限公司城邦分公司
地址：10483台北市中山區民生東路二段141號11樓
網址：http://www.cite.com.tw
客服專線：(02)2500-7718｜2500-7719
24小時傳眞專線：(02)2500-1990｜2500-1991
服務時間：週一至週五09:30-12:00｜13:30-17:00
劃撥帳號：19863813　戶名：書虫股份有限公司
讀者服務信箱：service@readingclub.com.tw
香港發行所　城邦（香港）出版集團有限公司
地址：香港灣仔駱克道193號東超商業中心1樓
電話：+852-2508-6231
傳眞：+852-2578-9337
電郵：hkcite@biznetvigator.com
馬新發行所　城邦（馬新）出版集團團【Cite(M) Sdn. Bhd. (458372U)】
地址：41-3, Jalan Radin Anum, Bandar Baru Sri Petaling, 57000 Kuala Lumpur, Malaysia.
電話：+603-9056-3833
傳眞：+603-9057-6622
電郵：service@cite.my
麥田部落格　http:// ryefield.pixnet.net
印　　刷　前進彩藝有限公司
初　　版　2009年6月
二版一刷　2023年5月
售　　價　280元
I S B N　978-626-310-422-8

國家圖書館出版品預行編目資料

日安憂鬱／莎岡（Françoise Sagan）著；陳春琴譯. ——二版.
——台北市：麥田出版：家庭傳媒城邦分公司發行, 2023.05
面：　公分：——（GREAT!；2）
譯自：　Bonjour tristesse
ISBN 978-626-310-422-8（平裝）
876.57　　112002082

一九五五年四月，法國巴黎。
趴在地板上的莎岡，手指按著打字機的空白鍵。
攝影：Thomas D. Mcavoy

一九五五年四月。

莎岡與出版商。

攝影：Thomas D. Mcavoy

一九六〇年左右。
莎岡與美籍演員珍西寶（Jean Seberg, 1938-1979）。
一九五八年，珍西寶於電影《日安憂鬱》中飾演少女瑟西爾一角。
攝影：Pictorial Parade

一九五五年四月。
莎岡躺在床上聽音樂。
攝影：Thomas D. Mcavoy